SEPTEMBER

Jean Mattern
SEPTEMBER

ROMAN

Aus dem Französischen übersetzt von
Holger Fock und Sabine Müller

BERLIN VERLAG

Mehr über unsere Autoren und Bücher:
www.berlinverlag.de

FSC
www.fsc.org
MIX
Papier aus verantwortungsvollen Quellen
FSC® C083411

ISBN 978-3-8270-1293-7
Die Originalausgabe erschien 2015 unter dem Titel *Septembre*
bei Gallimard, Paris 2015

Umschlaggestaltung: ZERO Werbeagentur, München
Typografie: Birgit Thiel
Gesetzt aus der Baskerville und der Neutra von Fagott, Ffm
Druck und Bindung: CPI books GmbH, Leck
Printed in Germany

für O. C.

Mein Glück verdunkelte sich bei dem Gedanken,
dass von einem so reichen Vorrat an Erinnerungen
höchstens ein oder zwei übrig bleiben würden,
um der Seele eine Zier zu sein
auf ihrer unsterblichen Wanderschaft.

Jorge Luis Borges
aus dem Gedicht *Trophäe*
übersetzt von Gisbert Haefs

How long since I've gazed into dark eyes
That melted my soul down
To a place where it longs to be?

Joan Baez
Love Song to a Stranger

PROLOG

Manche leben ihr ganzes Leben mit der Last der Gewissheit, dass unsere Taten uns eines Tages einholen und dass wir für alles bezahlen müssen, für unsere kleinen und großen Geheimnisse, unsere Seitensprünge, Treuebrüche und Unaufrichtigkeiten aller Art, für die Schwächen, die unser Dasein unvermeidlich begleiten. Ich habe diese Auffassung nie geteilt, nie an die Möglichkeit geglaubt, dass ein zweifelhafter Gott über unser Leben und unsere Taten Buch führen würde, um uns zu beweisen, dass wir die Spielregeln befolgt haben oder eben auch nicht. Diese Vorstellung gehört für mich zum Aberglauben oder zu einer überholten Moral und ich war stets davon überzeugt, dass Lügner, Halunken und Mörder genauso gut schlafen wie Menschen, die sich nichts vorzuwerfen haben. Dieser Ansicht bin ich noch immer und natürlich habe ich auch niemanden umgebracht, doch wenn ich geglaubt habe, gewisse Erinnerungen in meinem Inneren bewahren zu können, ohne sie je wieder aufrühren oder erzählen zu müssen, wenn ich überzeugt war, mit mir und manchen Dingen, die ich in meinem Leben getan habe, im Reinen zu sein, dann bin ich mir dessen heute nicht mehr so sicher. Vielleicht gibt es wirklich Geschichten, die nicht aus unseren Herzen verschwinden, Reminiszenzen, die letztlich zu schwer wiegen, wenn wir sie nicht in Worte kleiden, und Wahrheiten, die ausgesprochen werden müssen, wenn wir nicht wollen, dass sie uns erdrücken.

Denn mir stockte tatsächlich der Atem, als ich neulich einen Anruf der BBC erhielt und man mir anbot, erneut als Kommentator bei den Olympischen Spielen zu arbeiten. Sie fanden endlich in London statt, sozusagen bei mir zu Hause, und obwohl ich seit ein paar Jahren im Ruhestand bin, hätte ich meine Karriere damit krönen können, wie mir Andrew Stanford nahelegte, der neue Leiter der Sportredaktion. Und er fügte hinzu:

»Vierzig Jahre nach deinem Debüt in München!«

1972 hatten mich die Spiele *beinahe berühmt* gemacht, spöttelte Viviane manchmal. Wie hätte sie auch ahnen können, dass sie für mich etwas ganz anderes bedeuteten als den Beginn einer großen Karriere? Mein Dokumentarfilm über die Spiele 1972 hatte Aufsehen erregt: ein Exklusivinterview mit Mark Spitz, eine gewagte Montage der Bilder von der Geiselnahme, Enthüllungen über das Versagen der deutschen Polizei. Ich hatte vor Ort schonungslos Nachforschungen angestellt und dann, als ich in London zurück war, eine sehr persönliche Weise gefunden, den Ablauf der Ereignisse zu schildern, ein wenig so, als wären meine Protagonisten Helden einer Shakespeare-Tragödie gewesen. Das hatte mir unter Kollegen viel Anerkennung eingebracht. Doch niemand, nicht einmal Viviane, hatte begriffen, dass mein Leben durch diesen Auftrag, die Ereignisse, den Ort eine unvorhergesehene Wendung genommen hatte. Der engagierte Journalist, der große Reporter, den man heute wieder gefragt hat, wurde in jenem September 1972 geboren.

München … Ich bat Stanford um Bedenkzeit. Würde ich mit dem Gefühl umgehen können, das die bloße Erwähnung dieser Stadt in mir ausgelöst hatte? Oder war ich auf dem besten Weg, sentimental zu werden? Ich kam mir lächerlich vor. Doch auch nach einigen Tagen konnte ich mich noch zu keiner Entscheidung durchringen. Dann weckte die Nachricht, das neue Olympische Komitee weigere sich, bei der Eröffnungs- oder der Schlussfeier eine Schweigeminute für die Opfer des 5. Septembers einzulegen, die Erinnerungen an dieses Drama. Und ich dachte, dass es für mich Wichtigeres zu tun gab, als mich, wie mir von allen Seiten nahegelegt wurde, wieder zu verpflichten. Dass ich letzten Endes eine andere Geschichte zu erzählen hatte. Ich lehnte das Angebot ab, kramte den Entwurf eines alten Briefes aus meinem Archiv hervor, dazu einige Seiten mit Notizen aus jener Zeit und sagte zu Viviane, dass ich eine Idee hätte, die mir wichtiger erscheine als das Angebot der BBC, mehr könnte ich ihr nicht sagen. Dann schloss ich mich in meinem Arbeitszimmer ein und dachte an Laura. Es ist bald elf Jahre her, dass unsere Tochter gestorben ist, aber ich glaube, meine Idee hätte ihr gefallen, sie wäre stolz auf mich gewesen. Und das brachte mich auf den nächsten Gedanken: Ich öffnete meinen Laptop und von dem Moment an wusste ich, dass ich über diese Tage schreiben musste, und zwar so, wie ich sie erlebt hatte, und ohne dabei die offizielle Reihenfolge zu beachten. Um diese elf Athleten zu ehren, deren Namen man aus Angst, das Fest zu verderben, heute nicht mehr öffentlich nennen will, aber auch, um einen Mann aus dem Dunkel zu holen, von dem ich nie jemandem erzählt habe, einen Mann, der so endgültig mit den elf Särgen verschwunden ist, als wäre auch er auf dem Rollfeld von Fürstenfeldbruck gestorben.

Dieser Mann hieß Sam Cole.

ERSTER TEIL

Freitag, 25. August

Bei meiner Ankunft im Pressezentrum, ein paar Hundert Meter entfernt vom Olympischen Dorf, fiel mir gleich sein konzentrierter, fast düsterer Gesichtsausdruck auf. Genauso wie ich wartete er, bis er mit dem Ausfüllen der Formulare an der Reihe war, und bekam dann seinen Schlüssel. Zwei Empfangsdamen taten ihr Bestes, um das Verfahren zu beschleunigen, doch man musste sich mit Geduld wappnen. An jenem Abend vor der Eröffnungsfeier strömten viele Journalisten schlagartig zusammen. Über viertausend, verteilt auf etwas mehr als tausend Zwei- und Vierzimmerapartments. Aufgrund meiner späten Akkreditierung war ich nicht im selben Gebäude untergebracht wie meine Kollegen von der BBC, doch das passte mir recht gut. Wie ich den aufgeschnappten Gesprächsfetzen entnehmen konnte, standen in den beiden Warteschlangen vor allem Journalisten der Printmedien. Ich hörte Portugiesisch, Russisch, Englisch. Ich fragte mich, woher der junge Mann mit dem besorgten Blick wohl kam.

Am Nachmittag traf ich mich mit meinen BBC-Kollegen, um das Olympische Dorf zu besichtigen.

Wir entdeckten die von André Courrèges entworfenen himmelblauen Uniformen des Personals, die kleinen Gebäude, in denen die Athleten untergebracht waren, aufgereiht an Wegen, die von Rabatten gesäumt wurden. Eine bunte Menschenmenge spazierte entlang der Kanäle, die sich durch das Gelände zogen, oder sonnte sich auf den Uferstreifen, und überall sah man den lächerlichen kleinen Hund namens Waldi – das Maskottchen der Spiele – in jeglicher Form: auf Plakaten, auf T-Shirts, als Schlüsselanhänger, als riesiges Plüschtier. Die Mädchen trugen Miniröcke, die Männer Trainingsanzüge und Sandalen. Mehr als siebentausend Athleten aus einhundertzwanzig Ländern wurden erwartet, und überall schien gute Laune zu herrschen. Ich hatte keinerlei Erfahrung mit vergleichbaren Veranstaltungen, doch die Kollegen, die bereits von den Spielen in Mexiko-Stadt berichtet hatten, waren ebenso überrascht wie ich von der zur Schau getragenen Lockerheit. Der Wachmann am Eingang zum Olympischen Dorf hatte kaum einen Blick auf unsere Presseausweise geworfen.

Ich sollte nicht unbedingt über die Wettkämpfe berichten; die Londoner Redaktion erwartete andere Reportagen von mir, und während ich so durch das Olympische Dorf wanderte, hatte ich eine erste Idee: Ich würde über die Absicht der deutschen Verantwortlichen schreiben, sich von der fröhlichen Seite zu zeigen und der ganzen Welt zu beweisen, dass Deutschland ein Land wie jedes andere sei. In keiner offiziellen Verlautbarung war auf die düsteren Erinnerungen an die anderen deutschen Spiele hingewiesen worden, die von 1936 in Berlin, aber uns ausländischen Korrespondenten war klar, dass dieser stumme Vergleich in allen Köpfen war. Die Bilder der Naziführer auf der Tribüne des Stadions löschen, Hitlers Weigerung, den »Neger« Jesse Owens zu grüßen, vergessen machen, Leni Riefenstahls Filme zum Ruhm der arischen Rasse in der Mottenkiste verschwinden lassen und all das durch bunte Bilder ersetzen, die die biedere Fröhlichkeit des neuen Deutschlands zeigen würden – das schien der Wille einer ganzen Nation zu sein. Und schon hatte ich ein zweites Thema: Ich könnte vielleicht nach Berlin fahren, um der Frage dieses Erbes trotzdem nachzugehen. Zudem hatte ich mir in den Kopf gesetzt, eine typische deutsche Familie zu finden und einen halben Tag mit ihr in einem *Wohnzimmer*[1] vor dem Fernsehapparat zu verbringen. Die Übertragung der Wettbewerbe bei einer Familie mitzuerleben würde mir bestimmt helfen, ein wenig mehr darüber zu erfahren, was der Durchschnittsdeutsche über das große olympische Fest wirklich dachte.

Am Ende unserer Besichtigungstour durch das Dorf der Athleten lud mich unser Statistiker Jonathan Gold-

1 Im Original auf Deutsch.

berg zu einem zwanglosen Essen mit anderen Presseleuten ein.

»Nicht nur die Sportler verbrüdern sich«, sagte er zu mir. Außerdem hatte ich an diesem Abend vor der Eröffnungsfeier nichts anderes vor. Ich hatte mir einen Plan gemacht, mich mit den Spielstätten zwischen Olympischem Dorf, Pressezentrum – allgemein *das Loch* genannt – und unseren Büros vertraut gemacht und nichts weiter vorzubereiten. Warum nicht mit anderen Journalisten essen gehen und ein wenig feiern? Auch wenn ich im Allgemeinen nicht versessen bin auf diese großen, reichlich alkoholisierten Abendessen, nichts sprach gegen ein Bier unter Kollegen. Ich beschloss, mit der nagelneuen U-Bahn zum Ort des Treffens zu fahren, den mir Jonathan genannt hatte, ein bayerisches Gasthaus in der Innenstadt, am Marienplatz. Die U-Bahn, einige Monate zuvor in Betrieb genommen, war ganz offensichtlich der Stolz der Münchner. Vielleicht ein weiteres Thema für eine Reportage, dachte ich, während ich auf einen Zug der U3 wartete. Ich betrachtete den Bahnsteig, auf dem ich, ohne zu zögern, gepicknickt hätte, so sauber glänzte er, und ich musste an unsere alte Londoner U-Bahn mit ihren Holzrolltreppen denken. Hier hatte die deutsche Gründlichkeit wieder Wunder vollbracht.

Offenkundig wollte das Restaurant der Inbegriff bayerischer Folklore sein. Kellnerinnen mit üppigen, in engen *Dirndl* zur Schau gestellten Brüsten stemmten mit verwirrender Mühelosigkeit Ein-Liter-Bierkrüge, und neben ein paar Jagdtrophäen schmückten Fotos von den Schlössern Ludwigs II. die Wände. Auf der Speisekarte: Weißwürste, *Knödel* und Wild mit Preiselbeeren. Wollte ich mit einer Reportage alle Klischees über Deutschland bestätigen, müsste ich hier drehen, dachte ich. Die kitschige Innenausstattung, die aufgesetzte Fröhlichkeit der Kellnerinnen und erst recht das schwindelerregende Tempo, mit dem die Deutschen am Nebentisch literweise Bier in sich hineinkippten, standen im Gegensatz zu meinen Erwartungen an den Abend. Ich bedauerte bereits, dass ich mich in diese Touristenfalle hatte locken lassen.

Wir waren etwa zu zehnt: Jonathan und Ron, meine Kollegen von der BBC, mehrere französische Journalisten, zwei Amerikaner und drei Israelis. Ich weiß nicht, wie Jonathan diese Runde zusammengestellt noch wer wen mitgebracht hatte, aber ich fühlte mich schon unwohl, als wir uns einander vorstellten. Von manchen konnte ich mir weder Vor- noch Nachnamen merken, ich beteiligte mich kaum am Gespräch – das in mindestens drei Sprachen um alles Mögliche kreiste – und begnügte mich damit, nützlich zu sein, indem ich die Karte übersetzte. Ich war schüchtern, und diese rein männliche Versammlung erinnerte mich an den Speisesaal während der Jahre im Internat, wo es mir nie gelungen war, meinen Platz zu finden.

Nach mehreren Glas Bier, während wir auf die berühmten Kalbswürste mit süßem Senf warteten, traf mich der Blick eines israelischen Journalisten. Er saß zwei Plätze rechts von Ron, meinem direkten Gegenüber, und er fixierte mich, ohne darauf zu achten, was um uns herum vorging. Sein Blick war so bohrend, dass ich nicht wusste, ob ich darin einfache Neugier oder etwas anderes lesen sollte. Ich versuchte zu lächeln, natürlich zu wirken, aber es gelang mir nicht, ihn zu ignorieren. Es war unmöglich, wegzusehen oder mich an der Unterhaltung der anderen zu beteiligen. Im gedämpften Licht des Restaurants kamen mir seine Augen sehr finster vor, das war alles, was mir einfiel. Ein verstohlenes Lächeln, das man vielleicht ironisch nennen konnte, zeichnete sich auf sein Gesicht. Vielleicht, weil er merkte, dass ich gelähmt war, ja, geradezu erstarrt? Welches Spiel spielte er? Und warum kam es mir so vor, als läge in dieser Aufmerksamkeit noch mehr? Ich war verwirrt, saß wie angenagelt da. Dann gab etwas in mir nach, und ich wollte auf keinen Fall, dass es aufhörte.

Der weitere Abend in jenem Restaurant verschwimmt in der Erinnerung. Ich weiß nicht mehr, wie wir es schafften, im Verlauf der Unterhaltung zueinanderzufinden, auch nicht, ob die anderen etwas bemerkt hatten. Ich weiß nur, dass wir an dem Abend nicht miteinander gesprochen haben. Noch nicht. Auf dem Rückweg muss unsere kleine Truppe sehr viel Lärm in der U-Bahn gemacht haben, denn wir waren alle ziemlich angeheitert. Es gelang uns gerade noch, uns nicht zu verlaufen und zu unseren jeweiligen Unterkünften auf dem Olympiagelände zurückzufinden. Nachdem ich mich vor Haus Nr. 20 von den beiden Kollegen von der BBC verabschiedet hatte, fiel mir wieder ein, dass ich den Mann, der nun mit mir zusammen in Richtung Haus Nr. 22 weiterging, schon einmal gesehen hatte: bei meiner Ankunft im Pressezentrum, als mir sein sorgenvoller Gesichtsausdruck aufgefallen war. Wir waren also im selben Gebäude untergebracht, und es war ganz normal, dass wir denselben Weg einschlugen. Wollte ich mich mit diesem Gedanken beruhigen, war mir das ein Bedürfnis? Wir gingen langsam und schweigend. Die rund fünfzig Meter bis vor unseren Block kamen mir gleichermaßen zu weit und zu kurz vor. Ich hatte nicht damit gerechnet, dass ich plötzlich mit diesem Mann allein sein würde, der anscheinend für den israelischen Rundfunk arbeitete. Sollte ich auf diesen etwas zu intensiven Blickwechsel zurückkommen, mich vielleicht sogar bei ihm entschuldigen, oder sollte ich nichts sagen? Inzwischen waren wir bei der Rezeption angekommen und der Fremde verlangte den Schlüssel für Wohnung 55 mit einem amerikanischen Akzent, der meine Verblüffung noch steigerte. Als man mir meinen Schlüssel aushändigte, nachdem ich »*Wohnung* 53, *bitte*« gesagt hatte, war klar, dass wir auf demselben Stockwerk wohnten. Doch selbst während der gemeinsamen Fahrt im Aufzug konnte sich keiner von uns beiden entschließen, etwas zu sagen. Der Unbekannte richtete erneut seinen Blick auf mich. Jetzt sah ich, dass seine Augen wirklich sehr dunkel waren, fast schwarz, und ich fühlte dasselbe Prickeln im Unterarm wie vor wenigen Stunden in jener skurrilen Gastwirtschaft. Ich war unfähig zu reagieren, die Situation begann mir zu entgleiten, mir war bewusst, dass die Höflichkeit, die Umgangsformen, dass alles uns dazu drängte, ein Gespräch zu beginnen, uns endlich einander vorzustellen, um wieder einfache Kollegen, Journalisten, zu werden, die aus demselben Grund nach München gekommen waren, dass wir diesen Blickwechsel endlich abbrechen mussten, der schon viel zu lange dauerte, damit wieder Normalität einkehrte, es musste unbedingt ein Ausweg gefunden werden, es musste aufhören.

Der Aufzug hielt in der fünften Etage und entließ uns in einen langen, taghell beleuchteten Flur, ihn zuerst, mich anschließend. Als er vor der Wohnung Nr. 55 auf der linken Seite des Flurs stehenblieb, wurde mir klar, dass er genau gegenüber von dem Apartment wohnte, das ich mit einem gewissen Jim teilte, einem Toningenieur vom Fernsehsender ABC. Wir standen beinahe Rücken an Rücken. Er steckte als Erster den Schlüssel ins Schloss, doch er öffnete nur die Tür, dann drehte er sich zu mir um. Seine rechte Hand suchte die meine und er berührte mit zwei Fingern mein Handgelenk. Ich weiß nicht, wie lange wir so dastanden, bevor ich meinen Schlüssel im Schloss umdrehte. Dann hatte uns die Dunkelheit unserer jeweiligen Wohnungen auch schon verschluckt.

Samstag, 26. August

Ein gefaltetes Blatt Papier war unter meiner Türe durchgeschoben worden.

»Was hast du heute Abend so vor? *Sam*«

Ich dachte, was für ein komischer Name für einen Israeli, doch ich zweifelte keinen Augenblick daran, dass der kleine Brief von meinem Nachbarn gegenüber kam, über den ich nichts wusste. Er hieß also Sam. Und ich hatte nichts weiter geplant nach der Eröffnungsfeier, die um drei Uhr nachmittags beginnen sollte.

Am Vorabend war ich auf Anhieb in tiefen Schlaf gefallen, sicherlich dank des Biers, das wir beim Essen in Mengen getrunken hatten. Beim Aufwachen, dann beim Lesen der Nachricht meines Nachbarn hatte ich mich leicht, sogar ausgelassen gefühlt. Schließlich würde ich zum ersten Mal in meiner Laufbahn an einem Ereignis teilnehmen, das weltweit Aufsehen erregte, und zudem standen mir interessante Begegnungen bevor. Was wollte man mehr? Ich zweifelte nicht mehr daran, dass sich unsere Hände zufällig gestreift hatten, ich war zu betrunken gewesen, um mich richtig erinnern zu können, und die Berührung konnte alles Mögliche bedeuten, dass Sam ebenfalls schüchtern war oder dass in Israel etwa so wie in der Türkei, wo ich das Jahr zuvor gereist war, ein kurzes Anfassen unter Männern als ganz normale Freundschaftsbekundung galt. Der Beweis, dieser kleine Brief, hatte nichts Zweideutiges. Sam fühlte sich offenbar nicht wohl in Gesellschaft, war vielleicht ein Einzelgänger wie ich, und da es ihm am Vorabend nicht gelungen war, mich anzusprechen, wollte er nun gerne meine Bekanntschaft machen. Diese Einladung, ihn wiederzusehen, erfüllte mich mit Freude.

Die fröhliche Stimmung der Menschenmenge und die Aufregung der Sportler waren ansteckend. Ich hatte Harry, unseren Redaktionschef, überzeugt, einen Beitrag darüber zu drehen, wie das deutsche Publikum die verschiedenen Mannschaften bei der Eröffnungsfeier empfangen würde. Siebentausend Athleten würden in das nagelneue Stadion mit dem spektakulären Glasdach einlaufen, aber selbst wenn die Organisatoren bestrebt gewesen waren, im Namen der *Heiteren Spiele*, wie man sie absichtlich getauft hatte, die strengen Vorgaben des Protokolls so weit wie möglich zu lockern, konnte dieser lange Einmarsch leicht in Langeweile kippen. Deshalb fand meine Idee einer Art Top Ten der Nationen, die den meisten Applaus bekamen, allgemeinen Anklang. Das würde die Übertragung etwas auflockern und wir könnten zum Schluss ein Resümee unter einem bestimmten Blickwinkel ziehen. Mit Jonathans Hilfe hatte ich im Pressezentrum ein Applausometer aufgetrieben. Wenn die Mannschaften ins Stadion einliefen, musste ich also immer auf den Apparat schauen, um den Schallpegel zu notieren, doch ich fand unser kleines Spiel ebenso lustig wie lehrreich: Der Erfolg der amerikanischen Delegation beim Publikum stand im Gegensatz zur Zurückhaltung gegenüber der sowjetischen und der ostdeutschen Mannschaft – letztere marschierte unter der Fahne der DDR ein –, und es war nicht schwierig, aus dem besonders lautstarken Empfang, den das Stadion der israelischen Mannschaft bereitete, die Botschaft zu hören, die die deutsche Nation an die Sportler und Fernsehzuschauer auf der ganzen Welt richten wollte. Und schon hatte ich das nächste Thema, das ich während dieser vierzehn Tage behandeln konnte: die Teilnahme der israelischen Sportler und vielleicht noch allgemeiner der jüdischen Sportler an diesem großen Wettkampf in Deutschland – sechsunddreißig Jahre nach der Verkehrung der olympischen Idee zu einer Inszenierung der vorgeblichen Überlegenheit der arischen Rasse. Die israelische Mannschaft war klein, fünfzehn Athleten insgesamt, dazu die Trainer, einige Ringer und Fechter, aber auch einige Mädchen in himmelblauen Röcken, darunter eine Schwimmerin und eine Sprinterin, die echte Medaillenchancen hatten, wie mir Jonathan zuflüsterte (der Mannschaft für Mannschaft den Namen jedes einzelnen Athleten und seinen Platz auf der Weltrangliste auswendig gelernt zu haben schien). Als die amerikanischen Sportler kamen, die aufgrund der alphabetischen Reihenfolge am Ende einliefen, stieß er mich mit dem Ellbogen und sagte:

»Siehst du den großen Dunkelhaarigen mit Schnauzbart dort? Das ist Mark Spitz. Er ist erst zweiundzwanzig, hat aber den Ehrgeiz, hier zum größten Schwimmer aller Zeiten zu werden. Über den solltest du einen Beitrag machen. Sieben Wettkämpfe in einer Woche. Vier Einzelrennen, drei Staffeln und ein einziger Ruhetag. Ich bin sicher, er wird alles abräumen.«

Die Feier hatte um drei Uhr begonnen. Zwischen dem Einmarsch der Mannschaften, dem Freilassen der Tauben und den Volkstänzen hatte ich mich keine Sekunde gelangweilt, und selbst die hochoffiziellen Momente wie die feierliche Erklärung von Präsident Gustav Heinemann oder der olympische Eid der Athleten und Schiedsrichter hatten dazu beigetragen, bei mir den Eindruck eines perfekt organisierten Ereignisses zu hinterlassen, und das alles fröhlich und gutgelaunt. Ein echter Erfolg, sehr eindrucksvoll, ein herrliches Schauspiel, wiederholten die Journalisten in einer Endlosschleife am Ende der Feier. Auf unserer Seite hatte alles geklappt und ich beglückwünschte mich dazu, dass ich mich der Redaktion von Harry angeschlossen hatte und nach München gefahren war. Mein Beitrag war in der Kiste und konnte gesendet werden. Es war kurz nach sechs Uhr und ich hatte den Abend frei.

Zwischen den israelischen Journalisten auf den Rängen hatte ich Sam nicht gesehen. Als ich vom Stadion zurückkehrte, beschloss ich, ihm eine kurze Nachricht unter der Tür durchzuschieben, genau wie er es getan hatte. Aber als ich im fünften Stock unseres Gebäudes ankam, sah ich ihn vor meiner Wohnung stehen. Als er mich aus dem Aufzug steigen hörte, wandte er mir den Kopf zu und fragte ohne Umschweife: »Bist du so weit?« Zum ersten Mal hörte ich den Klang seiner Stimme. Dennoch war meine Antwort an seinen Blick gerichtet, an seine fast schwarzen Augen, die er mit einer solchen Kraft auf mich heftete, dass ich erneut unfähig war, mich davon loszumachen.

»Ich hatte Lust, etwas mit dir zu unternehmen.«

Sam hatte nicht ein Wort gesprochen, seit wir zu Fuß von unserer Wohnanlage losgegangen waren, aber er hatte sich beim Gehen mit einem angedeuteten, herausfordernden Lächeln auf den Lippen mehrmals zu mir umgedreht. Sein Gesicht drückte stets höchste Konzentration aus – als läge er in ständigem Kampf mit irgendetwas in seinem Inneren –, und zugleich vermittelte er mit den leicht hochgezogenen Mundwinkeln den Eindruck von Lässigkeit. An jenem Abend nach der Eröffnungsfeier wusste ich nicht, was ich von ihm halten sollte, ich wusste nur, dass ich seine Gesellschaft suchte. Unerklärlicherweise fühlte ich mich wohl in der Gegenwart dieses Mannes. Vielleicht, weil ich ihn nicht recht durchschauen konnte? Diese Blicke mit ihrer fast lähmenden Eindringlichkeit und zugleich diese offensichtliche Ironie, Zeichen einer Unbekümmertheit, die mir so schmerzlich fehlte, konnte ich einfach nicht deuten. Außerdem kannte ich sonst niemanden wie Sam, sosehr ich auch darüber nachdachte, mir fiel keine vergleichbare Person ein. Seine dunklen Augen, sein Haar, das kürzer geschnitten war, als es in Europa Mode war, sein dichter Bartwuchs, der nachwachsende Oberlippenbart, der an diesem Spätnachmittag wie ein Schatten über seinem Mund lag – er unterschied sich von allen Männern, die ich kannte, und vor allem von meinen Arbeitskollegen. Eines war jedenfalls gewiss: Er war anders und er war schön.

Sam schlug mir einen Spaziergang um den Olympiapark vor, wo eine fröhliche Menschenmenge die letzten Sonnenstrahlen genoss. Es war ein schöner Sommerabend, die Deutschen feierten das Gelingen ihrer meisterlich orchestrierten Einweihung, alles in Farbe, und wir setzten uns am Ufer des Sees ins Gras. Ein paar Minuten lang sprach keiner von uns. In seiner Gesellschaft war es mir überhaupt nicht peinlich zu schweigen, und Sam schien jetzt ebenso entspannt, sein Gesicht hatte sich aufgehellt, sein Lächeln war offener geworden. Schließlich ergriff er als Erster das Wort:

»Was machst du bei der BBC?«

»Ich bin im Kulturressort. Und gelegentlich Spezialist für Deutschland. Mit Sport kenne ich mich eigentlich nicht gut aus.«

»Ich auch nicht. Ich arbeite bei einem New Yorker Wochenblatt für die Rubriken ›Gesellschaft‹ und ›Religion‹. Doch letzte Woche ist einer unserer Kollegen auf der Seventh Avenue von einem Auto angefahren worden. Gipsbein. Und so bin ich in München gelandet. Ich schlage mich durch, so gut es geht. Ich habe mir zum Ziel gesetzt, ein Interview mit Mark Spitz zu bekommen, ich hatte vor einiger Zeit schon einmal Kontakt zu ihm. Du wirst sehen, er wird die Ikone der Spiele werden. Sollte er je zusagen, nehme ich dich mit, einverstanden? Zwei Journalisten, die nichts vom Schwimmsport verstehen, mit dem größten Schwimmer aller Zeiten, das hört sich nicht schlecht an, oder?«

Wir lachten noch ein wenig über unsere gemeinsame Untauglichkeit für den Job und Sam machte sich auch darüber lustig, dass ich ihn irrtümlich für einen Journalisten des israelischen Rundfunks gehalten hatte.

»Die kenne ich gut, schon durch die Themen, über die ich schreibe, aber das ist auch alles.«

Er war in Durban, Südafrika, geboren worden. Bei der Scheidung seiner Eltern war er noch ein Jugendlicher. Als seine Mutter sich entschieden hatte, nach Minneapolis zu ziehen, um sich mit einem Amerikaner neu zu verheiraten, war er mitgegangen und hatte dort studiert, bevor er bei der Redaktion der *Jewish*

Week in New York anfing. Anfangs ohne besondere Begeisterung für den Journalismus. Mit seiner eigentlichen Leidenschaft, der Malerei, hatte er jahrelang jede freie Minute verbracht, bis er eines Tages die Pinsel weglegte.

»Ich weiß nicht, warum, aber ich habe nicht mehr daran geglaubt. Ich habe monatelang nicht mehr gemalt. Doch vor drei Monaten habe ich mir alles neu gekauft: Skizzenbücher, Leinwände, Farben. Ich denke die ganze Zeit daran, ich träume nachts davon, es brennt mir unter den Nägeln, doch ich schaffe es nicht, wieder anzufangen.«

Seine Augen bekamen einen besonderen Glanz, als er nach Worten suchte, die sein unbändiges Verlangen beschreiben könnten, durch Malen seinen Alltag zu verwandeln.

»Als ob es möglich wäre, einen verborgenen Teil von mir auf die Leinwand zu bringen. Ein Gefühl auszudrücken, das ich nicht benennen kann, nur noch schöner.«

Ich war kein besonders qualifizierter Gesprächspartner, um über die neuesten Tendenzen in der zeitgenössischen Kunst zu diskutieren, doch Sam hatte wohl gemerkt, wie sehr es mich berührte, nur zuzuhören. Eine seltsame Kraft ging von ihm aus, und seine Begeisterung machte mich sprachlos. Hätte er sich nicht so klar und deutlich ausgedrückt, hätte man seine Leidenschaftlichkeit für jugendlichen Überschwang halten können – denn in seiner Begeisterung glich er einem Zwanzigjährigen; dabei musste er zehn Jahre älter sein.

»Bei meiner Ankunft hier begriff ich, dass ich die Arbeit als Journalist mit derselben Entschlossenheit anpacken kann. Den Blick der Menschen ändern durch das, was ich schreibe. Nicht lockerlassen, sich nicht durch Konventionen und Vorurteile einschüchtern lassen. Das gilt für die Olympischen Spiele genauso wie für alles andere«, fuhr er fort.

Wie hätte ich mich der Faszination entziehen können, die er auf mich ausübte? Aber ich war mir gar nicht sicher, ob ich das überhaupt wollte.

Ich erzählte ihm in wenigen Worten von Viviane und Laura, von unserem Haus in Wimbledon, dem Klavier. Er von seinen Arbeitskollegen, seinem Alltag in der Redaktion. Doch wir wussten beide, dass diese Worte, die Alltagsgespräche keine große Bedeutung hatten angesichts eines anderen Gesprächs, das sich in jedem von uns beiden fortsetzte. Eines Austauschs, der keiner Worte bedurfte. Ich fühlte mich ertappt von dem Blick, mit dem Sam mich ohne jede Zurückhaltung betrachtete, als stellte er mir eine Frage, auf die ich ihm eine Antwort schuldete. Als wir aufstanden, um uns auf den Rückweg zu machen, entschloss ich mich, ihn zu fragen:

»Was genau läuft da zwischen dir und mir?«

Er antwortete nicht sofort, sondern erst, nachdem er einige Schritte neben mir hergegangen war:

»Das, wofür wir uns entscheiden werden, glaube ich.«

Ich warf ihm einen fragenden Blick zu. Dieses Mal antwortete er mit einem freimütigen Lächeln.

Sonntag, 27. August

Weder Sam noch sein Mitbewohner öffneten an diesem Sonntagmorgen auf mein Klopfen, deshalb entschloss ich mich gegen halb zehn, ihm eine Nachricht unter der Tür durchzuschieben. Schließlich hatte er mich am Tag zuvor selbst auf diese Weise aufgefordert. Ich zerriss fünf oder sechs Entwürfe, die von »Ich muss dich sprechen« über »Ich würde dich gern wiedersehen« zu »Lust auf ein Bier?« reichten, bis ich eine Formulierung fand, die ungezwungen genug klang: »Zeit für ein Bier unter Kollegen?« Ich wollte auf keinen Fall meine Ungeduld zu erkennen geben, selbst wenn ich beim Aufwachen das Bedürfnis, ihn wiederzusehen, so dringend gespürt hatte, dass ich in den ersten Stunden des Tages größte Mühe hatte, nicht immer daran zu denken. Etwas hatte sich verändert, etwas Unbekanntes, Neues hatte begonnen, mich von innen zu überfluten. Ich gab diesem Gefühl keinen Namen, ich wurde einfach davon mitgerissen.

Gleichwohl vergingen die Stunden ohne auch nur ein Wort von ihm. Zweimal fand ich einen Vorwand, um in mein Zimmer zurückzukehren, und rannte vom Studio der BBC zu unseren Unterkünften, um nachzuschauen, ob er auf meine Einladung geantwortet hatte, erkundigte mich schließlich sogar beim Hausmeister, ob er vielleicht meinen Nachbarn aus Wohnung 55 gesehen hatte. Doch nichts, kein Lebenszeichen. Ich hatte große Mühe, mich auf die Arbeit zu konzentrieren und die Fragen des Teams zu beantworten. Es kam noch schlimmer, denn vor den ersten Trainingseinheiten von Mark Spitz am Nachmittag hatte ich reichlich Zeit. Es war nämlich auf Jonathans Anregung hin beschlossen worden, dass wir uns an einem Langzeit-Porträt versuchen wollten, in dem wir den Schwimmer bei seinen Vorbereitungen und während der Wettkämpfe begleiteten; außerdem musste darüber nachgedacht werden, wie wir ein Interview mit ihm bekommen könnten, das unsere Arbeit vollenden sollte. Jonathan zählte die Resultate auf, die Spitz 1968 – mit gerade achtzehn Jahren – und bei den Makkabiaden erzielt hatte, den nur für jüdische Sportler veranstalteten Olympischen Spielen, doch er merkte, dass ich ihm nicht wirklich zuhörte. Durch seine Idee musste ich schon wieder an Sam denken, mit dem er, ohne es zu wissen, die Faszination für Spitz teilte. Doch wie hätte ich Jonathan davon erzählen können?

»Was ist los mit dir?«, fragte er mich.

Ich schützte eine unruhige Nacht vor. Tatsächlich beschäftigte mich seit dem Aufwachen ein einziger Gedanke: Ich wollte Sam wiedersehen. Aber warum ging es ihm nicht genauso? Warum war er verschwunden, ohne mir zu sagen, wann wir uns wiedersehen könnten? Wir hätten zusammen frühstücken und den Vormittag verbringen, die Woche gemeinsam planen können. Die verpasste Gelegenheit ärgerte mich, unsere gemeinsamen Tage waren begrenzt und dieses Zwischenspiel würde so oder so mit den Olympischen Spielen enden. Am Vorabend war er so nahe gewesen und nur wenige Stunden später entzog er sich mir schon wieder. Ich verstand gar nichts mehr. Weder, warum ich ein solches Bedürfnis hatte ihn zu sehen, noch, warum er nicht da war.

Mitte des Nachmittags ging ich in die olympische Schwimmhalle und setzte mich auf die für die BBC reservierten Tribünenplätze. Obwohl ich unablässig die Ränge absuchte, konnte ich Sam nirgends entdecken. Ich war zerstreut, unkonzentriert, und Jonathan fragte mich, warum ich mich ständig umdrehte. Ich antwortete ihm, es gelinge mir nicht, mich für das zu interessieren, was ich sähe, diese Trainingseinheiten würden mir keinerlei Stoff liefern, um das geplante Porträt in Gang zu bringen. Ein Schwimmer, der seine Konkurrenten schon beim Aufwärmen durch seine Überlegenheit erdrückt, das sei nicht dazu angetan, um aus Spitz eine wirklich spannende Figur zu machen, behauptete ich. Jonathan verzog zweifelnd den Mund:

»Ich finde dich ganz schön nervös seit gestern Abend. Stimmt etwas nicht?«

Ich hatte keine Zeit mehr, ihm zu antworten – ich hatte gerade Sam entdeckt. Er stieg die Stufen hinunter und ging zum Ausgang, sichtlich gedankenverloren. Im Laufschritt holte ich ihn ein und fragte ihn:

»Warum hast du nichts von dir hören lassen?«

Er wich meinem Blick aus und antwortete:

»Ich musste ein wenig allein sein.«

Dann drehte er sich auf dem Absatz um und verschwand.

Montag, 28. August

Als der Wecker klingelte, war die Wut auf mich selbst noch größer als die Müdigkeit. Ich hatte kaum geschlafen. Das alles nur, weil ich gekränkt war? Verärgert oder unglücklich? Ich konnte mir meine Reaktion, meine Gefühle nicht erklären. War einfach unfähig, die Situation richtig zu deuten. Ich beschloss, noch vormittags Viviane anzurufen und dann endlich wieder meinen Job zu machen. Schließlich war ich nach München gekommen, um zu arbeiten, und nicht, um Bekanntschaften zu schließen, selbst wenn das damals gewissermaßen in der Luft lag. *Peace and Love.* Warum diesem neuen *Freund,* der offensichtlich rücksichtslos war oder sich nicht wohl fühlte in seiner Haut oder beides zusammen, so viel Bedeutung zugestehen? Der erst meine Gesellschaft suchte, dann aber keine Lust mehr dazu hatte, der einfach verschwand, mich erst umgarnte und mir dann die kalte Schulter zeigte? Es war unerträglich, aber unwichtig! Ich kannte ihn ja kaum. Er hatte mir gefallen, das musste ich zugeben, mich aus der Ruhe gebracht mit seinen dunklen Augen und seinem angedeuteten Lächeln, ich hatte etwas Unbekanntes und Neues empfunden, einverstanden. Aber bei näherer Betrachtung hatte die Atmosphäre dieser Olympischen Spiele sicher dazu beigetragen, ich war wie benebelt gewesen von diesem großen Fest, jetzt war es Zeit, in die Wirklichkeit zurückzukehren. So einfach war das, ich würde zum Telefon greifen, mich erkundigen, wie es Laura und Viviane ging, ob sich Viviane noch immer mit den *Intermezzi* von Brahms herumschlug oder ob es ihr gelungen war, sie in den Griff zu bekommen, das würde mich auf den Boden der Tatsachen zurückbringen. Dann würde ich bei Jonathan und Harry vorbeischauen, um den nächsten Tag zu planen, an dem vor allem Schwimmen auf dem Programm stand, Mark Spitz, der seinem Traum von Gold hinterherjagte, sein erstes Finale, 200 Meter Schmetterling, kurz danach die 4-mal-400-Meter-Staffel Freistil. Ich musste mit diesem Porträt vorankommen, mit oder ohne die Hilfe meines amerikanischen Freundes, wie Jonathan ihn nach der Szene in der Schwimmhalle getauft hatte. Wer war der Kerl denn, dass er mir den Schlaf raubte und mich von der Arbeit abhielt?

Mittwoch, 30. August

Er hielt Wort: Nach dem Halbfinale über 100 Meter Schmetterling, das er kurz vor sechs mit beängstigender Leichtigkeit für sich entschieden hatte, wie schon am Vorabend das Finale über 200 Meter Freistil, gab Mark Spitz Sam das versprochene Interview:

»Ja, ich erinnere mich an Sie. *Jewish Week*, New York, stimmt's?«

Er war vergnügt, locker, und als Sam mich als einen Freund vorstellte, der für die BBC arbeitet, hatte er keine Einwände. Auch Sam hatte sich an sein Versprechen erinnert, und nach einer dritten unruhigen Nacht hatte ich eine Nachricht unter dem Türschlitz gefunden, wir könnten uns bei der Siegesserie von Spitz in der Schwimmhalle treffen. Mark Spitz wollte keine Kamera, doch er erlaubte mir die Benutzung eines Aufnahmegeräts, um das Interview aufzuzeichnen, das er Sam gab, und ich durfte frei über die Aufnahme verfügen. Harry, mein Chef, würde staunen. Eine Montage dieser Tonaufzeichnung zu den Bildern, die das deutsche Fernsehen und unsere eigenen Teams gedreht hatten, würde Aufsehen erregen, denn abgesehen von den obligatorischen Pressekonferenzen nach jedem Sieg und seinen Besuchen in den Studios des amerikanischen Senders ABC hatte Mark Spitz nicht ein Exklusivinterview gegeben. Und die Sympathie, die er Sam – oder der Wochenzeitung, für die Sam arbeitete – entgegenbrachte, machte ihn offenbar ziemlich gesprächig: Er erwähnte die Makkabiade 1965 – bei der er vier Medaillen gewonnen hatte – als seinen ersten großen Wettkampf, der ihm Selbstvertrauen gegeben hatte. Etwas zu viel vielleicht, denn drei Jahre später hatte er geprahlt und versprochen, von den Spielen in Mexiko sechs Goldmedaillen nach Hause zu bringen. Als es so weit war, gewann er nur zwei, dank der Staffel, in den Einzelwettbewerben musste er sich mit Silber und Bronze zufriedengeben. Ohne die Makkabiade im Jahr danach, meinte er, hätte er sich von dieser Niederlage nicht mehr erholt. Doch 1969 stellte er bei diesen nur für jüdische Athleten aus aller Welt ausgerichteten Wettbewerben erneut alle Konkurrenten in den Schatten und gewann sechs Goldmedaillen. Eine echte Wiederauferstehung, die es ihm ermöglichte, sich zu fangen und seinen kalifornischen Kindheitstraum zu verwirklichen: besser sein als Johnny Weissmüller! Mark Spitz hatte Humor, witzelte, dass sich andere Schwimmer – wie der Deutsche Werner Lampe, der die Bronzemedaille über 200 Meter Freistil gewann – den Kopf rasiert hatten, während er, ein wenig wohl, um zu provozieren, an seinem Schnauzbart festhielt.

Sein Status als Sexsymbol, auf den Sam zu sprechen kam, amüsierte ihn, er verbarg es nicht.

»Und was habe ich davon bei elf Wettkämpfen in sechs Tagen?«

Am Ende der Unterhaltung war Sam vergnügter denn je.

»Lass uns zur Feier etwas trinken gehen«, warf er mir zu, als wir das Pressezentrum verließen, und schlug das Restaurant im Olympiapark am See vor. Zum ersten Mal seit Beginn der Spiele entwickelte sich ein wirklich lebhaftes Gespräch zwischen uns. Ich entdeckte seine witzige Seite, seine bissige Ironie, er spottete sogar über die »Sternenbanner«-Badehose von Spitz. Die Leidenschaft für Malerei war einem Pennälerhumor gewichen, der im Gegensatz stand zu dem mürrischen Gesicht, das ich bis dahin von ihm kannte. Vor Vergnügen leuchteten seine Augen jetzt auf dieselbe Weise wie einige Tage zuvor, als er sich von seiner Begeisterung für Kunst hatte mitreißen lassen. Er war sehr anziehend. Ich hatte jedoch beschlossen, nichts von ihm zu verlangen, und schon gar nicht mit ihm über die Achterbahn der Gefühle zu sprechen, die mich seit drei Tagen beschäftigten – wir mussten unbedingt wieder eine normale kollegiale Beziehung zwischen uns herstellen, zwei Journalisten, die über ihre Arbeit sprechen, nicht mehr und nicht weniger. Ich vertraute ihm an, dass ich gerne ein Buch über meine Erfahrungen in München schreiben würde, eine Reflexion über die Rolle des Sports in unserer Gesellschaft und seine Beziehungen zur Politik. Er erzählte mir von seinen Plänen, und als er seine kommenden Reisen erwähnte, strahlte er noch ein wenig mehr:

»Vielleicht könntest du es einrichten und gelegentlich dazustoßen? Oder du könntest in die Vereinigten Staaten kommen, um über die Präsidentschaftswahlen im November zu berichten?«

Ich war verblüfft, wusste nicht, was ich antworten sollte. Stattdessen fasste ich mit der rechten Hand sein linkes Knie unter dem Tisch, schüttelte es leicht. Ich wollte ihm wohl danken, und diese unbeholfene Geste war das Einzige, was mir einfiel. Ich war tief bewegt, nie zuvor hatte mir ein Vorschlag so viel Freude bereitet. Was für ein seltsames Glück, in Gesellschaft eines Mannes zu sein, den ich nicht kannte und der mir dennoch vorschlug, mit ihm zusammen zu sein!

Was sollte ich da sagen, was tun?

»Du bist …?«

Ohne nachzudenken, wollte ich ihm die Frage oder vielmehr all die Fragen stellen, die mich seit Tagen quälten: Ob er sich in mich verliebt hatte oder ob er mit mir spielte, ob er Männer liebte, ob er sich da auskannte, aber ich brach den Satz ab und sagte stattdessen:

»Ich weiß nicht, was mit mir los ist. Es ist … es ist das erste Mal, dass ich …«

Sam antwortete nicht. Er sah mich nur an, auf die

Art, wie er mich damals im Restaurant angesehen hatte, dann nahm er meine Hand, zog sie heran. Unter dem Tisch streichelte er sie langsam mit zwei Fingern, dann zog er sie noch ein wenig näher zu sich. Schließlich legte er sie auf seinen Schenkel, und mit einer zugleich entschiedenen und zärtlichen Bewegung, schob er sie weiter nach oben, so dass ich durch den leichten Stoff seiner Sommerhose sein steifes Glied spüren konnte. Dabei ließ er mich nicht aus den Augen.

Donnerstag, 31. August

Der Tag versprach kompliziert für mich zu werden. Der Beginn der Leichtathletikwettbewerbe im Stadion fiel zusammen mit zwei weiteren Wettkämpfen von Mark Spitz, der bereits drei Medaillen gewonnen und sich mühelos für das Finale über 100 Meter Schmetterling qualifiziert hatte. Selbst wenn es der Olympiapark erlaubte, schnell von einer Wettkampfstätte zur anderen zu gelangen, wusste ich, dass es eng werden würde, sowohl von den nächsten angekündigten Triumphen des schnauzbärtigen Schwimmers wie auch von den ersten deutschen Medaillenchancen zu berichten – Harry wollte, dass ich dieses Thema behandelte. Ich hatte Sam seit dem Vorabend nicht gesehen. Wir mochten zwar auf demselben Flur wohnen, in denselben Cafeterien und Restaurants verkehren, im Pressezentrum ein und aus gehen, aber das hieß nicht, dass er mir nicht wieder aus dem Weg gehen würde, so wie vor ein paar Tagen. Mein zeitliches Problem verschaffte mir einen ausgezeichneten Vorwand, ihn um Hilfe zu bitten, und ich widerstand dem Einfall nicht, diese Gelegenheit zu nutzen. Nach dem Frühstück beschloss ich, einen kleinen Umschlag unter seiner Tür durchzuschieben: »Ich schaffe es nicht, heute Nachmittag pünktlich zum ersten Wettkampf von Spitz zu kommen, denn ich muss ein wenig von der Leichtathletik berichten. Könntest du mir einen Platz neben dir freihalten und mir später das zusammenfassen, was ich verpasst habe? Sebastian.«

Jonathan hatte mir alles über den Leistungsstand und die Medaillenanwärter der deutschen Mannschaft erzählt. Die ersten Wettkampftage hatten den deutschen Athleten kein Glück gebracht und die ganze Nation hoffte, dass sich mit Beginn der Leichtathletikwettkämpfe die Lage ändern werde, denn die Erfolge der ostdeutschen Sportler, die den Russen und Amerikanern im Medaillenspiegel ernsthaft auf den Fersen waren und weit vor den Gastgebern lagen, machten den Westdeutschen schwer zu schaffen. Der Druck auf den Schultern von Heide Rosendahl war enorm. Mit ihrer runden Brille und ihren gestreiften Söckchen sah sie eher aus, als käme sie aus der Universitätsbibliothek, doch sie war die große Favoritin des Weitsprungwettbewerbs. Und an diesem sehr heißen Nachmittag enttäuschte sie nicht. Jonathan erzählte mir zudem, dass sie bei den Spielen in Mexiko, wo sie bereits zu den Favoritinnen gezählt hatte, regelrecht eingebrochen war, doch hier schlug sie sich mehr als nur tapfer: Ihr erster Versuch wurde mit 6,78 Meter gemessen. Ein starker Beginn. Als ihre große Rivalin, die Bulgarin Diana

Jorgowa, nach mehr als anderthalb Stunden Wettkampf 6,77 Meter weit sprang, war die Spannung im Stadion mit den Händen zu greifen. Ein kleiner Zentimeter trennte die beiden Athletinnen – noch war alles möglich. Doch bei ihrem sechsten und letzten Sprung trat die Bulgarin über den Absprungbalken, und aus Heide Rosendahl brach eine Freude heraus, die das ganze Stadion und zweifellos das ganze Land erfasste: Die Bundesrepublik hatte endlich ihre erste olympische Goldmedaille und ihre erste Heldin. Die Erleichterung der Zuschauer war fast hörbar, und man konnte gar nicht anders, als die Fünfundzwanzigjährige sympathisch zu finden, die offensichtlich auch nicht auf den Kopf gefallen war. Das hätte ein schöner Beitrag über Deutschland und seine Athleten werden können, doch es war fast halb sechs, als dieser lange Wettkampf endete – und wollte ich noch eine Chance haben, die 100 Meter Schmetterling von Mark Spitz zu sehen, musste ich mich beeilen, auch wenn es vom Olympiastadion zur olympischen Schwimmhalle nicht weit war. Ich ging die wenigen Minuten zu Fuß – ich hatte nicht die Geduld, um auf einen der regelmäßig verkehrenden Pendelbusse zu warten – und kam gerade rechtzeitig im Schwimmstadion an, um auf der großen schwarzen Anzeigetafel einen weiteren Weltrekord angezeigt zu sehen. Und um festzustellen, dass Spitz anlässlich dieses vierten Sieges nicht überschwänglicher war in seiner Freude als bei den drei vorausgegangenen. Kaum ein Lächeln … Aber ich wollte vor allem Sam auf den Rängen finden und sehen, ob er mir einen Platz freigehalten hatte. Bei der Begrüßung hob er nur unmerklich den Kopf von seinen Notizen und sagte:

»Wie vorausgesehen hat er das ganze Rennen über geführt. Die anderen hatten nicht die geringste Chance.«

Ich antwortete, dass ich mich freue, ihn zu sehen.

Spitz hatte vierzig Minuten zum Atemschöpfen. Die 4-mal-200-Meter-Freistil-Staffel war für achtzehn Uhr zwanzig angesetzt, und das verschaffte *mir* ein wenig Zeit mit Sam. Der war noch immer nicht sehr gesprächig, bemerkte dann aber, dass er glücklich über das Interview mit Mark Spitz sei.

»Ich meine, ich bin glücklich, dass wir es zusammen führen konnten. Das dürfte die kleinen Snobs in deinem Team, die mich nicht leiden können, ganz schön beeindruckt haben, stimmt's?«

Freitag, 1. September

»Kannst du dich heute für zwei Stunden losreißen?«

Als ich von einem schnellen Mittagessen in der Cafeteria des Pressezentrums zurückkehrte, fand ich das gefaltete Blatt unter der Tür meiner Wohnung. Das Tagesprogramm war ziemlich voll, Vorentscheidungen im Schwimmen – auch wenn es für Mark Spitz der einzige Ruhetag seit Beginn der Wettkämpfe war –, der zweite Tag der Leichtathletikwettkämpfe, dann das Vielseitigkeitsreiten mit Richard Meade, einem der vielversprechendsten Medaillenanwärter der britischen Mannschaft. Doch ich wusste, noch bevor ich das Ende seiner Nachricht gelesen hatte, dass ich mir etwas einfallen lassen würde, um mit Sam zusammen zu sein:

»Wenn es dir passt, treffen wir uns um fünf Uhr in der Brauereigaststätte gegenüber der U-Bahn.«

Frohen Herzens kehrte ich ins Stadion zurück, um mit meinen Kollegen von ein paar Wettkämpfen zu berichten, dann erklärte ich Harry, ich ginge in die Stadt, um nach Drehorten zu suchen. Die bayerische Landeshauptstadt hatte einen ehrgeizigen Kulturkalender für die Spiele zusammengestellt, ein Begleitprogramm mit Ausstellungen, Konzerten und Theateraufführungen aller Art, um so den Glanz des sportlichen Großereignisses noch zu steigern. Meine Gründe waren überzeugend, mein Vorwand glaubwürdig.

Sam saß an einem Tisch am Eingang der Gaststätte. Als er mich sah, trank er sein Bier aus und stand auf. Er ging einige Schritte auf mich zu, beugte sich zu mir, ohne dass ich begriff, worauf er hinauswollte, und so blieben wir einige Augenblicke unentschieden mitten in der Bewegung stehen, bis er zu mir sagte: »Ich hätte dich beinahe zur Begrüßung geküsst, wie man es in Frankreich, oder vielmehr in Montreal macht. Dort habe ich gelernt, dass sich zwei Männer küssen können.«

»Auf die Wange, meine ich«, fügte er nach einer kleinen Pause hinzu, und sein Lächeln erschien mir zugleich offen und schelmisch. Doch die Gelegenheit war verpasst, und statt mir den angekündigten Kuss zu gewähren, wiederholte er die Geste vom ersten Abend und strich mit seiner rechten Hand über mein linkes Handgelenk.

»Ich hoffe, dir gefällt Kandinsky. Denn wir schauen uns Bilder von ihm an. Viele sogar, ein ganzes Museum nur für ihn und seine Freunde.«

Im Gegensatz zu mir sprach Sam kein Deutsch, aber er liebte die Malerei und hatte sich über die Museen informiert. Ziel unseres Ausflugs war das Lenbachhaus, das anlässlich der Olympischen Spiele renoviert und erweitert worden war und in dem die Gemälde des *Blauen Reiters* hingen, einer Gruppe von Malern, zu der ab 1911 Kandinsky, Jawlensky, Werefkin, Marc, Macke und Klee gehörten, wie Sam mir in der U-Bahn erklärte. Er war fast fröhlich und ganz offensichtlich sehr entspannt. Ich hingegen war aufgeregt wie ein Gymnasiast, der die Schule schwänzt: Dass ich Harry belogen hatte, die Heimlichkeit unserer kleinen Eskapade, all das war neu für mich und verschaffte mir ein unbekanntes Gefühl, das mir gefiel. Ich fragte also Sam:

»Warum ich?«

»Warum ich dich ins Museum schleppe oder warum ich dich angemacht habe?«

Ich war sprachlos, als ich ihn mit lauter Stimme und so viel Ungeniertheit das aussprechen hörte, was ich bis dahin nicht einmal zu denken gewagt hatte.

»Warum nicht du?«, fügte er hinzu, ohne auf meine Antwort zu warten. »Hat wohl mit deiner Aura zu tun.«

Und dann legte er, so unauffällig wie möglich, denn wir waren nicht allein in der U-Bahn, seine Hand auf meine.

Ich begriff an diesem Nachmittag im Museum, dass man die Dinge des Lebens wirklich mit den Augen eines anderen sehen kann, und nicht nur die Bilder eines Jawlensky, eines Marc oder eines Kandinsky, die Sam mit seinem Blick fast zu streicheln schien, bevor er mir in knappen Worten sein ästhetisches Urteil erklärte oder sagte, was ihn an ihnen berührte. Durch seine Erläuterungen, die mit Superlativen eher geizten, manchmal lakonisch, aber immer präzise waren – zweifellos würde er nie ein Schwadroneur werden, dachte ich –, wurde mir klar, dass der Künstler *uns* mehr über uns selbst sagt, als er *sich* mitteilt, und ich folgte Sam bei seinen Wanderungen von Bild zu Bild mit dem Gefühl, dabei ebenso viel über ihn wie über diese vielschichtigen Werke zu erfahren, die plötzlich sehr klar, ganz und gar verständlich wurden, während sie mich bestimmt nicht angesprochen hätten, wenn ich allein ins Lenbachhaus gegangen wäre. Ihn von Saal zu Saal zu begleiten, ein Gemälde über seine Schulter zu betrachten, seinem Finger zu folgen, der auf dieses oder jenes Detail deutete, und ihn manchmal kurz zu berühren, wenn ich neben ihm stand, das alles erfüllte mich mit einem so unbändigen Glück, dass mir ein verrückter Gedanke durch den Kopf ging: Wenn Viviane mich so sähe, hier und jetzt, würde sie alles verstehen, und sie würde sich für mich freuen, würde sich der eindeutigen Sinnfälligkeit dieser Liebe auf den ersten Blick beugen, die zwei Seelen in größter Vollendung einander näherbrachte. Ich vergaß dabei, in welchem Grad diese Situation neu, skandalös war und dass weder Viviane noch die Besucher des Museums, die die wahren Gründe meiner Glückseligkeit in meinem strahlenden Gesicht lesen konnten, sie billigen würden. Aber es interessierte mich wenig, was die Welt von meinen Gefühlen und den Gewissheiten, die sie in mir hochgespült hatten, denken mochte: Ich wusste, dass ich für immer verändert sein würde durch diese Reise, die mich viel weiter geführt hatte als nur bis nach München, durch diese Begegnung, die mich endlich die Bedeutung des oft gelesenen, aber nie verstandenen Wortes *Raptus* erfassen ließ. Der Blick eines anderen Mannes hatte etwas geschafft, woran alle meine Literaturprofessoren und Viviane gescheitert waren, er hatte mich mit der Möglichkeit vertraut gemacht, einem anderen so haltlos zu verfallen, dass ich darüber die Grenzen der Vernunft und der Schicklichkeit vergaß. Während ich durch die schönen, taghell beleuchteten Säle des Lenbachhauses spazierte, entdeckte ich in mir ganz und gar radikale Perspektiven, die zuvor höchstens Topoi für mich gewesen waren, die zur Welt der griechischen Mythologie, der elisabethanischen Tragödie oder zu ihren Avataren in der Romantik gehörten. Das Licht, die lebhaften Blau- und die leuchtenden Rottöne Kandinskys ließen mich in jenen dunklen Teil sehen, den ich an einer unvermuteten Stelle in meinem Herzen barg und der auf Sams Blicke antwortete; etwas an mir wollte einfach nur noch darin versinken.

Man konnte also die Welt um sich herum vergessen, das gab es wirklich, dass man verzehrt wurde von dem einzigen Gedanken, der andere, den man begehrte, möge da sein; und dass man vom anderen alles erwartete, überall und die ganze Zeit, ohne etwas über ihn zu wissen; ja, das war möglich, das widerfuhr mir in jenem Moment. Und doch war diese Epiphanie nichts neben der Gewalt meines Glücksgefühls, und als ich Sams Hand ein letztes Mal vor einem Bild von Kandinsky mit dem Titel *Improvisation* streifte, wusste ich, dass ich es nie bereuen würde, durch und in diesem Mann einen Teil meiner selbst gefunden zu haben.

Montag, 4. September

Das letzte Finale von Mark Spitz, die 4-mal-100-Meter-Lagen-Staffel, versprach die Apotheose, die ich auf keinen Fall verpassen durfte, um das Porträt zu vervollständigen, das wir nach Abschluss der Olympiade ausstrahlen wollten. Alle waren sich einig, dass nur ein Fehler beim Start oder den fliegenden Wechseln Spitz daran hindern konnte, seine Leistung zu krönen und der beste Schwimmer aller Zeiten zu werden, der absolute Held dieser Spiele. Er beteiligte sich nicht an den Vorläufen, um beim Finale, das auf kurz nach sieben Uhr am Abend angesetzt war, so ausgeruht wie möglich zu sein, und das verschaffte mir reichlich Zeit, um ein Vorhaben zu verwirklichen, das ich mir zu Beginn der vierzehn Tage ausgedacht hatte: die Fernsehübertragung einiger Wettkämpfe im Kreis einer deutschen Familie zu erleben. Ich hatte den Hausmeister unseres Journalistenblocks um Rat gefragt, und er hatte mir die Adresse von seinem Vetter gegeben, der mit Frau und zwei heranwachsenden Töchtern zwei U-Bahn-Stationen entfernt wohnte. Er war Polizist, sie Hausfrau, wie es damals in Deutschland und erst recht im erzkatholischen Bayern üblich war. Am frühen Nachmittag ging ich in Begleitung meines Kameramanns Geoffrey zu ihnen. Als ich an der Tür klingelte, öffnete uns Josef, der Polizeibeamte, in Uniform – eine halbe Stunde später musste er zum Dienst. Er hatte noch Zeit genug, um uns in seiner Wohnung herumzuführen – ich sollte ihn doch »Seppi« nennen, wie es alle taten – und uns seine Frau Maria und seine beiden Töchter Evi und Uschi vorzustellen, die alle drei schon vor dem Fernsehapparat saßen, um die Übertragung der Leichtathletikwettkämpfe am Nachmittag zu schauen.

Als Seppi seiner Familie erzählte, dass ich seinen Vetter mit meinem Deutsch beeindruckt hatte, lächelte mir seine Frau höflich zu, und seine Töchter glucksten. Maria stand auf, drückte mir die Hand und sagte:

»Ich hole Ihnen ein Bier.«

Es war drei Uhr Mittag und ich hatte eigentlich keine Lust, am frühen Nachmittag schon Bier zu trinken, aber der Ton, mit dem sie uns das Angebot unterbreitete, schien keinen Widerspruch zu dulden. Geoffrey zwinkerte mir zu. Sie kehrte mit zwei großen Gläsern Helles und einem Teller mit Rettichscheiben zurück, als der Wettkampf der Frauen im Hochsprung begann.

»Angeblich haben wir eine Medaillenanwärterin, aber ich weiß nicht mehr, wie sie heißt«, meinte Uschi in ihrem starken bayerischen Dialekt. Ich antwortete ihr, die junge deutsche Sportlerin heiße Ulrike Meyfarth und würde tatsächlich als chancenreiche Außenseiterin betrachtet – einmal mehr war ich dank Jonathans detaillierter Tabellen mit den Leistungen der Teilnehmer gut vertraut, so dass ich die Schwestern beeindrucken konnte. Anfangs waren sie noch schüchtern, doch je weiter der Wettbewerb fortschritt und je besser es für die junge Deutsche lief, umso mehr entspannten sie sich. Ich steuerte so viele Einzelheiten wie möglich über alle Hochspringerinnen bei, und mit Vergnügen stellte ich fest, dass diese Kommentare mir sowohl bei der Mutter als auch bei den beiden Jugendlichen größte Hochachtung einbrachten.

»Seht ihr, Mädels, als Journalist weiß man viel, was wir nicht wissen. Hört Herrn Craig gut zu.«

In den Pausen zwischen den Wettkämpfen versuchte ich, sie zu befragen, und wenn meine Gastgeberinnen anfangs nicht richtig zu verstehen schienen, worauf ich hinauswollte, hatten sie nach und nach deutlich mehr Spaß, sich mit mir zu unterhalten, vor allem Uschi, die Ältere, die sechzehn oder siebzehn Jahre alt gewesen sein mochte. Sie antwortete unumwunden auf meine Fragen zur Bedeutung dieser Olympischen Spiele für Deutschland im Allgemeinen und für sie im Besonderen, wiederholte dabei mehrfach, dass Deutschland wieder da sei und dass es an der Zeit sei, der Welt zu beweisen, dass es ein Land wie jedes andere sei.

»Nur besser organisiert, finden Sie nicht auch?«

Sie gab auch zu, dass es ihr am liebsten wäre, wenn Deutschland es der DDR und allen anderen kommunistischen Ländern zeigen würde, denen nichts heilig sei.

»Wir haben nicht einmal diplomatische Beziehungen zu Ostberlin, und dennoch sind diese Athleten aus der kommunistischen Jugend alle da. Da fragt man sich doch, ob man den Kommunisten wirklich das Recht geben muss, an den Olympischen Spielen teilzunehmen, finden Sie nicht auch?«

Ich für meinen Teil dachte, dass die Erziehung in einer katholischen bayerischen Familie, zudem mit einem Polizeibeamten als Vater, einem wahrscheinlich eine ordentliche Dosis Antikommunismus mit auf den Weg geben dürfte … Doch keine Ostdeutsche gefährdete die junge Ulrike Meyfarth, auch wenn ihre Hauptkonkurrentin sehr wohl aus einem jener kommunistischen Länder kam, die Uschi so verabscheute: Die Bulgarin Jordanka Blagoewa übersprang wie zuvor Meyfarth 1,90 Meter, berührte die Stange aber leicht, und der Wettkampf nahm eine dramatische Wendung: Selig verließ die junge Frau die Matte, glaubte sich gleichauf mit der deutschen Athletin. Die Latte fiel erst, als niemand mehr darauf achtete außer den Schiedsrichtern. Als die Zuschauer begriffen, was geschehen war, ging ein »ooooh!« der Enttäuschung durch die Ränge. Ich war beeindruckt von der Fairness der deutschen Zuschauer im Stadion, die mit der

Hauptkonkurrentin ihrer nationalen Repräsentantin litten. Nicht so meine Gastgeber: Uschi und Evi brüllten vor Freude, und selbst Maria konnte sich kaum zurückhalten. Die junge Olympiasiegerin bewies allerdings Klasse und beendete den aufreibenden Wettkampf, indem sie ihn zum Abschluss mit einem neuen Weltrekord im Hochsprung krönte: Mit ihren sechzehn Jahren und drei Monaten übersprang sie zum ersten Mal in ihrem Leben die 1,92 Meter.

»Ein neues *Fräuleinwunder*, meinen Sie nicht auch?«, fragte Maria, und ich dankte ihr herzlich nicht nur für ihre Gastfreundschaft, sondern auch dafür, dass sie mir zum Titel meiner Reportage verholfen hatte. Ich hatte genug gesehen und gehört, um das Thema »Die Deutschen und ihre Spiele« kommentieren zu können, und vor allem hatte ich keine Zeit mehr: Ich war mit Mark Spitz und Sam im Schwimmstadion verabredet.

»Ich hab es jetzt eilig.«

Sam hatte nicht auf mich gewartet, und als ich in der Schwimmhalle ankam, hatte er mir auch keinen Platz neben sich auf der Tribüne freigehalten. Dabei war ich dieses Mal rechtzeitig gekommen, um die letzte Glanzleistung unseres neuen Freundes in der 4-mal-400-Meter-Lagen-Staffel sehen zu können. Ich setzte mich also auf die für die BBC reservierten Bänke neben die beiden Kollegen, die für die Schwimmwettkämpfe zuständig waren, und begrüßte sie mit den Worten:

»Jetzt werden wir ja sehen, ob die Legende in die Geschichte eingeht oder sie das Ziel trotz des großen Schnauzbarts um ein Haar verfehlt!«

Mir war eigentlich nicht nach Frotzeleien zumute, aber ich wollte mir auf keinen Fall anmerken lassen, dass ich nicht bei der Sache war. Ich verstand nicht, warum Sam mich seit drei Tagen schnitt. In einer Endlosschleife gingen mir die Ereignisse im Restaurant nach der Unterhaltung mit Mark Spitz durch den Kopf, ich dachte nur noch an ein Wiedersehen, an die Zeit, die ich mit ihm verbringen wollte, wie an jenem Nachmittag im Museum. Doch nach unserer Rückkehr aus dem Lenbachhaus war er erneut verschwunden. Und nun dieser Satz, den er mir an den Kopf warf: »Ich hab es jetzt eilig. Ich gehe ins Theater und schaue mir *Anatevka* an.«

Keinerlei Erklärung, kaum ein Blick. Schnellen Schrittes verließ er die Schwimmhalle, um sich der israelischen Delegation im Theater anzuschließen, aber auch, um mir aus dem Weg zu gehen, wie mir schien.

Mark Spitz und seine Mannschaft hatten Gold errungen und mit 3 Minuten 48,16 Sekunden einen neuen Weltrekord aufgestellt.

Ich habe kein gutes Zahlengedächtnis, aber diese fünf Ziffern auf der schwarzen Anzeigetafel an jenem Montag werde ich nie vergessen. Sam war nicht mehr da, und unsere Unterhaltung war schneller beendet gewesen als das letzte Rennen von Spitz.

Wenn es jemand gewagt hätte, mich zu fragen, wie es mir ging, hätte ich Mühe gehabt, die richtigen Worte für den Zustand zu finden, in dem ich mich befand. Nachts schlief ich unruhig. Ohne Übergang lösten sich sinnliche Träume mit langen Phasen ab, in denen ich mich schlaflos zwischen schweißnassen Betttüchern hin und her wälzte und unablässig – erfolglos – gegen das Begehren ankämpfte. Die Tage waren nicht erholsamer. Nie zuvor hatte ich erlebt, wie sehr ein Gedanke zur Obsession werden kann – sofern man die Verbindung des immergleichen Vornamens mit dem immergleichen Bild einen Gedanken nennen kann. Jedenfalls war ich Gefangener dieser fixen Idee, die mein gesamtes Denken einnahm, unfähig, die geringste Überlegung anzustellen, und ich weiß nicht, wie es mir gelang, das ganze Team zu täuschen. Zum Glück wollte niemand etwas von mir, und wenn Jonathan sich über mich wunderte, dann ließ er es sich nicht anmerken.

Ich wäre nicht einmal in der Lage gewesen zu sagen, ob ich unglücklich war. Natürlich wartete ich auf ihn, ich suchte ihn überall, ohne die Gründe für sein Verschwinden nach unserem Nachmittag im Museum zu kennen, ohne zu ahnen, warum er nicht mehr auf die kleinen Nachrichten antwortete, die ich ihm seit drei Tagen unter der Tür durchschob. Dieses Schweigen, so viel war mir klar, verlieh meiner Sehnsucht, ihn in die Arme zu schließen und seine Wange zu streicheln, eine neue Dimension, denn es fehlte in meinem Gemütszustand nicht an verletztem Stolz. Noch schlimmer war zweifellos mein Unverständnis: Inmitten all dieser widersprüchlichen Gefühle bestand ich auf einer Begründung, einer Erklärung für seinen Rückzug, den Wandel in seiner Haltung. Doch gibt es an einem Begehren, das erlöscht, mehr zu verstehen als an einem, das entsteht? Mir war es selbst ja auch immer noch nicht gelungen, irgendetwas darüber herauszufinden, ich war einfach nur hin und weg, zuerst von einem bloßen Blick, dann von Gefühlen, die größer waren als ich selbst. Trotzdem hätte ich es lieber aus seinem Mund gehört, als eine solche Abfuhr zu bekommen: »Ich habe es eilig.« Ich hätte gerne von ihm gehört, dass er nur mit mir gespielt hatte, dass ich nicht mehr war als ein Zeitvertreib während dieser Olympischen Spiele, die in den Zimmern des Olympischen Dorfs und seiner Umgebung bereits im Ruf standen, mehr als nur »fröhlich« zu sein. Oder auch im Gegenteil, dass er Angst vor den Konsequenzen seiner Zuneigung bekommen hatte, dass alles das verrückt sei und nicht andauern könne, dass er nach New York und ich zu Viviane und Laura zurückkehren würde und dass es folglich besser sei, die Sache so schnell wie möglich zu beenden.

In meiner Phantasie türmte ich in schwindelerregender Schnelligkeit immerzu, ohne jede Pause, Szenarien auf, ich war überhitzt, weder glücklich noch unglücklich. Ich hatte einfach jeden Halt verloren, ich war woanders.

Wo war er?

ZWEITER TEIL

Dienstag, 5. September

Es muss kurz nach halb sechs gewesen sein, als mich Sams Trommeln an der Tür weckte. Ich hatte einen Teil der Nacht damit verbracht, mich zu fragen, warum er mir aus dem Weg ging und ob ich ihn wiedersehen würde, aber jetzt stand er direkt vor mir, aufgeregt und mit zerzaustem Haar.

»Komm, schnell: Es hat eine Geiselnahme im Olympischen Dorf gegeben.«

Er kam mit in mein Schlafzimmer, sah zu, wie ich in Hemd und Hose schlüpfte, dann machten wir uns auf den Weg zum Fußgängerübergang, der die Pressestadt mit dem olympischen Dorf verband. Sam wusste die Sache von einem seiner Freunde, einem israelischen Journalisten. Der hatte auch nicht alles verstanden, war aber von Shmuel Lalkin, dem Chef der israelischen Delegation, angerufen und alarmiert worden, der nur ein paar Meter entfernt von dem Ort, wo er wohnte, mehrere Schüsse gehört hatte. Letzterer hatte von einem Toten gesprochen und war sich sicher, dass ein Kommando ungefähr zehn Mitglieder der israelischen Mannschaft als Geiseln genommen hatte.

Mehr wusste Sam nicht, aber immerhin hatte er schon eine Idee: Die kanadische Mannschaft wohnte genau wie die Israelis in der Connollystraße. Mit etwas Glück würde uns ein Mann aus der Wasserballmannschaft, den Sam kannte, öffnen und uns vielleicht einen direkten Blick auf die Vorfälle ermöglichen. Unterwegs war alles still. Jener Dienstag, der 5. September, war für die meisten Disziplinen ein Ruhetag, vor allem für die Leichtathleten, und der Wachmann am Eingang des Olympischen Dorfs warf nur einen kurzen Blick auf unsere Presseausweise. Offenbar hatte ihn noch niemand darüber informiert, was ein paar Hundert Meter weiter passierte.

Wir marschierten schweigend bis zu dem Gebäude, in dem die kanadischen Athleten wohnten. Sams Gesicht verriet, wie aufgeregt er war, er kam mir düsterer vor denn je. Man öffnete uns die Tür, die drei jungen Männer waren im Pyjama, und als einer von ihnen Sam auf die Wange küsste, war mir klar, dass sie sich gut kannten.

»Ich möchte dir Guy vorstellen, er kommt aus Montreal. Wir haben uns kennengelernt, als ich dort gearbeitet habe.«

Ich wusste, dass Sam in Kanada gelebt hatte, aber er hatte mir nie von Guy erzählt. Guy hatte wie seine Mitbewohner, alle Wasserballsportler, von den Ereignissen noch nichts mitbekommen. Sam erklärte es ihnen kurz, dann bat er mich, mit hinaus auf den kleinen Balkon der im vierten Stock gelegenen Wohnung zu kommen. Das Quartier der israelischen Mannschaft befand sich etwas weiter oben an der Straße, in Nummer 31, aber wir waren nahe genug, um den Eingang des Gebäudes sehen zu können. Kurz nach sechs Uhr tauchte ein Mann auf dem Balkon der Wohnung auf. Er trug einen weißen Hut. Als er den Kopf drehte, um sich umzusehen, sah ich, dass sein Gesicht geschminkt war.

Die Bestürzung und Aufregung der ersten Augenblicke nahm ab, je mehr die Angst wuchs, und diese wuchs, je mehr Informationen wir aus dem Fernsehen bekamen. Wir liefen zwischen dem Balkon und dem Fernseher im Wohnzimmer hin und her und fragten uns, wo die Kamera platziert war, die alles filmte, und was in den unteren Stockwerken des Gebäudes auf der anderen Straßenseite, nur zwei- oder dreihundert Meter von unserem Standort entfernt, vor sich ging. Die Bilder zeigten nichts, was wir nicht selbst hätten sehen können, wenn wir uns ein wenig vorbeugten, und dennoch sah auf dem Bildschirm alles ganz anders aus. Die Erläuterungen, die das ZDF zu den Bildern lieferte, gab uns einige Hinweise: Der Mann mit dem weißen Hut nannte sich Issa, er war der Anführer des Palästinenserkommandos *Schwarzer September*, das um halb fünf Uhr morgens das israelische Mannschaftsquartier überfallen hatte. Einen Mann hatte man erschossen, ein erstes israelisches Opfer, das vor den Ausgang von Haus 31 geworfen worden war, kurz bevor die Terrorgruppe auf Flugblättern ihre Forderungen verkündete. Dazu gehörten die Freilassung von 234 inhaftierten Palästinensern sowie von Ulrike Meinhof und Andreas Baader, anderenfalls drohte man mit der Erschießung der Geiseln. Das Ultimatum sollte angeblich um neun Uhr enden, doch abgesehen von eher vagen Kommentaren zum Kommen und Gehen einiger Emissäre, die den Auftrag hatten, mit den Terroristen zu verhandeln, waren die ZDF-Journalisten wie wir selbst auf bloße Vermutungen angewiesen. Eine Frau versuchte einen Kontakt zu dem Mann mit dem weißen Hut herzustellen, wenige Minuten später wurde sie von einer anderen Frau in blauer Uniform abgelöst. Eigentlich passierte nicht viel. Das Drama spielte sich im Inneren des Gebäudes ab, wie wir später erfuhren, in einem Zimmer, wo Josef Romano vor den Augen seiner neun Kameraden verblutete, die von mehreren anderen Terroristen mit Gewehren im Anschlag in Schach gehalten wurden.

Vor Anspannung zog sich mir der Magen zusammen, doch ich fühlte noch etwas anderes: das unglaubliche Glück, wieder mit Sam zusammen zu sein nach all den Tagen, in denen er Katz und Maus mit mir gespielt hatte. Ich hatte ihn wortkarg und düster, ausweichend, ja, sogar schweigsam erlebt, aber erstmals sah ich ihn eine solche Energie entfalten. Jetzt verstand ich, warum er seine Entschlossenheit erwähnt hatte, in seinem Beruf richtig gut zu sein. Er versuchte die Kollegen vom israelischen Fernsehen zu erreichen, dann, trotz der Zeitverschiebung, seine Redaktion in New York, und mir wurde fast schwindelig dabei, wie wir zwischen dem Balkon, der Küche, wo sich das Radio befand, und dem Wohnzimmer, wo der Fernseher aufgestellt war, hin und her eilten. Er schien vollkommen von den Ereignissen absorbiert, und das nicht nur aus professionellen Gründen. Seit dem Interview mit Mark Spitz wusste ich, dass er nicht zufällig für eine jüdische Wochenzeitung arbeitete. Das Übergreifen des israelisch-palästinensischen Konflikts und die Bedrohung der israelischen Athleten riefen in ihm einen ganz anderen Widerhall hervor als in mir, wie mir in dem Moment bewusst wurde.

»Der Sportler, der am Morgen beim Überfall der Palästinenser getötet wurde, ist Mosche Weinberg. Er war Trainer der Ringer. Gad Tsabary, der zu seiner Mannschaft gehörte, und Tuvia Sokolovsky, dem Trainer der Gewichtheber, ist die Flucht aus der Wohnung gelungen. Sokolovsky war gerade im israelischen Fernsehen zu sehen, noch im Pyjama. Sie haben ihn im Pyjama gezeigt, kannst du dir das vorstellen? Im Pyjama! Nach Zählung meiner Kollegen von Kol Israël haben sie mindestens zehn Geiseln in ihrer Gewalt, alle sind im Schlaf überrascht worden. Aber niemand weiß, wie viele Terroristen es sind.«

Wir waren sicher, dass wir vom Balkon des kanadischen Apartments aus mindestens drei Männer des Kommandos gesehen hatten. Der Mann mit dem weißen Hut und dem geschwärzten Gesicht diskutierte mit den sich abwechselnden Emissären, aber als er auf der Straße vor dem Gebäude stand, wurde er von mindestens zwei schwer bewaffneten Komplizen von der ersten Etage aus gedeckt. Einer von ihnen trug einen dunklen Hut mit breiter Krempe und eine Sonnenbrille, der andere hatte sich eine Mütze über das Gesicht gezogen. Das deutsche Fernsehen verriet die Identität der drei Männer, die als Erste vor Ort waren und sich Issa genähert hatten: der Bürgermeister des Olympischen Dorfs, Walter Tröger, der Präsident des Deutschen Olympischen Komitees, Willi Daume, und der Münchner Polizeichef Manfred Schreiber. Die Frau im Minirock, die kurz nach acht gekommen war – sie wirkte eher, als würde sie sich mit einem Freund unterhalten und nicht mit einem bewaffneten Terroristen verhandeln, bemerkte Sam –, war offenbar eine deutsche Polizistin, die sich freiwillig als Vermittlerin zur Verfügung gestellt hatte. Als Tröger und Schreiber um Viertel vor neun mit einem unbekannten Begleiter erschienen, rief Sam: »Das ist Touny, der Vertreter des Olympischen Komitees Ägyptens.«

Kein Zweifel, Sam war wirklich ein hervorragender Kenner des Nahen Osten.

»Das bedeutet, dass die Sache eine internationale Dimension bekommen hat. Du kannst sicher sein, dass hinter den Kulissen, in den Ministerien und Botschaften, geheime Verhandlungen stattfinden«, fuhr er fort.

Ich wusste zehnmal weniger als er, gleichwohl ergänzte ich, dass das deutsche Grundgesetz die Verhandlungen nicht leichter machen würde. Zwischen Bruno Merk, dem bayerischen Innenminister, und Hans-Dietrich Genscher, seinem Amtskollegen auf Bundesebene – hinzu kamen noch der Münchner Polizeichef und die Funktionäre des Olympiakomitees –, würde es nicht einfach sein.

Je näher das Ultimatum rückte, umso aufgeregter wurde Sam. Ständig wiederholte er:

»Sie werden sie doch wohl nicht umbringen? Das können sie nicht tun!«

Kurz nach neun erfuhren wir aus dem Fernsehen, dass die Intervention des Ägypters Touny erfolgreich gewesen war: Ein neues Ultimatum war auf zwölf Uhr mittags festgesetzt worden. Sam entspannte sich ein wenig, er ging zu seinem Freund Guy, um sich auf Französisch mit ihm zu unterhalten, dann kehrte er zu mir zurück. Um halb zwölf hielt er es in der Wohnung nicht mehr aus und fragte mich, ob ich hierbleiben oder »eine Runde mit ihm drehen« wolle. Ich schlug ihm vor, in unsere Redaktion zu gehen, um zu sehen, ob meine Kollegen über andere Informationen verfügten.

Als ich mit Sam die Büroräume der BBC betrat, nahm Jonathan mich beiseite und flüsterte mir zu: »Warum schleppst du ihn mit hierher? Er hat hier keinen Zutritt.«

Ich erklärte ihm, dass ich dank Sam die Geiselnahme vom Apartment eines kanadischen Wasserballspielers aus habe beobachten können und ich davon profitieren würde, um unsere Berichterstattung zu unterfüttern. Ich sei ihm etwas schuldig.

Die Büros der BBC befanden sich zwar außerhalb des Olympischen Dorfs gegenüber dem Zugang an der Connollystraße, aber Luftlinie betrug die Entfernung kaum mehr als einhundertfünfzig Meter. Alle im Team wussten, dass uns diese günstige Lage erlauben würde, Bilder zu drehen, die Gold wert wären, und es gab keinen Grund, sie mit einem obskuren jüdisch-amerikanischen Kollegen zu teilen. Ich musste zu Harry, unserem Bürochef, ihm die Situation erklären und darauf bestehen, dass Sam für die Printpresse und nicht fürs Fernsehen arbeitete. Außerdem musste ich ihm versprechen, aus dem, was ich während des Vormittags dank Sam gesehen hatte, einen Beitrag zu machen, bis er endlich Sams Anwesenheit als eine Art Gegenleistung unter Journalisten akzeptierte.

Während wir warteten, passierte vor der Connollystraße 31 ohnehin nichts mehr. Eine Depesche meldete, Golda Meir habe sich geweigert, auf die Forderungen des Kommandos einzugehen. Für die israelische Regierung kam es überhaupt nicht in Frage, auch nur den unbedeutendsten palästinensischen Häftling freizulassen. Als die Vermittler zurückkehrten, um mit dem Mann zu verhandeln, von dem man nichts wusste, den alle Radio- und Fernsehsender aber einfach Issa nannten, sagte Sam:

»Sie werden ihm nicht sagen, dass die israelische Regierung ihre Forderungen zurückweist, das ist sicher. Sonst haben sie nichts mehr in der Hand, um zu verhandeln.«

Die Zeit verstrich. Als das auf Mittag gesetzte Ultimatum abzulaufen drohte, erreichte uns ein Gerücht, nach dem sich der Innenminister der Bundesrepublik, Hans-Dietrich Genscher, als Geisel im Tausch gegen die Israelis angeboten habe und Mitglieder der Arabischen Liga zu den deutschen Verhandlungsführern hinzugekommen seien. Doch niemand kam aus dem Gebäude.

Gegen halb eins gab Polizeichef Schreiber eine Presseerklärung ab, in der er sagte, dass weiter Unklarheit über die Zahl der Geiseln und der Terroristen herrsche. Er bestätigte auch, dass Letztere einen Austausch der Geiseln abgelehnt hätten, und fügte hinzu, dass ihr auf den Vornamen Issa hörender Anführer äußerst entschlossen wirke. Ich kam mir vor wie in einem schlechten Theaterstück. Als ich Sam meinen Eindruck anvertraute, reagierte er heftig:

»Für die zehn Israelis, die sich fragen werden, wie viel Zeit ihnen noch bleibt, bevor sie sterben müssen, ist nichts daran unwirklich, das kannst du mir glauben.«

Ich hatte ihn noch nie wütend erlebt. Der Zorn stand ihm ins Gesicht geschrieben, sein ironisches Lächeln war endgültig verschwunden. Seine Bemerkung holte mich in die Realität zurück und löste auch in unserer Redaktion eine lebhafte Debatte aus. Harry glaubte an eine rasche, friedliche Lösung.

»Die wissen doch genau, dass sie keine Chance haben. Man wird ihnen ein Angebot machen: ein Flugzeug in ein arabisches Land samt Begleitung eines Botschafters als Garantie, das war's dann. Damit haben sie ihren Auftrag erfüllt: Die palästinensische Sache ist in aller Munde, überall auf der Welt. Mehr wollen sie nicht, da bin ich mir sicher.«

Sam wies darauf hin, dass solche Terrorzellen bereit seien, bis zum Äußersten zu gehen.

»Sie sterben lieber, als dass sie einen einzigen Israeli freilassen oder sich ergeben. Da kennt ihr die Araber schlecht.«

Jonathan Goldberg, unser Statistiker, gab Sam recht:

»Stimmt, ihr kennt sie wirklich nicht.«

Und schon ging ein Riss durch unsere kleine Gruppe, und was uns immer als ein unbedeutendes Detail erschienen war, erhielt plötzlich seine volle Bedeutung: Man war Jude oder nicht.

Ich war kein Jude, und mir wurde klar, was uns unterschied und in welchem Maß Sam betroffen war. Würden wir Zeit finden, darüber zu reden? Bis jetzt war das kein Thema zwischen uns gewesen, auch wenn ich natürlich wusste, dass Sam für eine jüdische Wochenzeitung arbeitete. Aber jetzt? Ich begriff, wie sehr ich mich danach sehnte, mehr von ihm zu erfahren, wie sehr ich hoffte, dass die Ereignisse uns Zeit dafür lassen würden. Während wir warteten, begnügte ich mich damit, ihm beizupflichten, und Harrys skeptischer Blick zu dieser unerwarteten Stellungnahme freute mich beinahe. Ich wollte *auf seiner Seite* stehen.

Ich begann herumzutelefonieren, um in Erfahrung zu bringen, welche Auswirkungen die Geiselnahme auf die deutsch-israelischen Beziehungen haben könnte. Ich rief ein paar Politiker an, die ich kannte – doch keiner wollte sich dazu äußern, alle sprachen von einem »Albtraum« und bekräftigten einmütig, sie glaubten noch an einen glücklichen Ausgang –, ich telefonierte mit Gesellschaften, die den jüdisch-christlichen Dialog pflegten, mit dem Olympischen Komitee. Man musste sich dahinterklemmen und dem Sender Futter liefern. Denn unter unseren Fenstern passierte nichts mehr.

Langsam verflossen die Stunden und die Stimmung wurde immer bedrückender. Wir warteten ab und wussten nicht einmal, worauf wir hoffen sollten. Auf ein Eingreifen des deutschen Militärs zur Befreiung der Geiseln? Auf die Kapitulation der Terroristen?

Auf einen Verhandlungserfolg? Oder auf die Ausreise in ein arabisches Land? Wir konnten nur hilflos die Gerüchte sezieren, die uns zugetragen wurden, und dabei durch die Fenster unserer Büros auf die menschenleere Connollystraße blicken. Den ganzen Vormittag über wurden abwechselnd Bilder von der Geiselnahme, dem Reit- und dem Volleyballturnier gesendet. Sam war außer sich.

»Es gibt bereits einen Toten. Sicher auch Verletzte. Was brauchen die denn noch, um diesen Zirkus zu beenden? Was denken die sich eigentlich?«

Am Rand des Olympischen Dorfs war jetzt mehr Polizei zu sehen, doch die Menge der Gaffer, die man auf Distanz zum Zaun halten musste, war ebenso eindrucksvoll. Die hübsche Hügellandschaft des Olympiaparks bot den Zuschauern, die gekommen waren, um dieses merkwürdige Schauspiel zu sehen, ideale Ausblicke. Eine wachsende Zahl von Demonstranten skandierte Parolen aller Art. Ich entdeckte Spruchbänder mit »*Peace, not war*«, das alles nahm Woodstock-Charakter an.

Gegen ein Uhr mittags löste sich eine Gruppe aus der Menschenmenge und schaffte es, die Polizeikräfte bis zum Absperrgitter zurückzudrängen. Es dürfte eine knapp dreißigköpfige Schar gewesen sein, die ein Lied anstimmte, das ich nicht kannte. Als Sam das merkte, ging er zum Fenster unseres Studios, fasste meinen Arm und sagte:

»Hörst du? Das ist die *Hatikva*, die israelische Nationalhymne.«

In seinen Augen standen Tränen. Er flüsterte mir zu:

»Ich bete nur, dass die zehn dort hinten es hören können. Nur das eine, mein Gott, dass sie es hören können. Damit sie wissen, sie sind nicht allein.«

Seine rechte Hand berührte leicht, ganz leicht, mein linkes Handgelenk. Ich bewegte mich nicht, so standen wir eine Weile mit der Stirn an die Scheibe gelehnt. Als ich mich umdrehte, sah ich Jonathans ungläubiges Gesicht und begriff, dass er alles mitbekommen hatte.

Die Zeit lief davon, und die Friedensaktivisten gingen in einer immer dichter werdenden Menschenmenge unter, in einem ekelhaften Spektakel: Tausende Gaffer waren zusammengeströmt, um das Ereignis live zu erleben, nur ein einfacher Zaun – den einige, ohne zu zögern, erklommen – und wenige Hundert Meter trennten sie von dem Gebäude der israelischen Delegation. Gemeinsam mit ihnen hatten sich zahlreiche fliegende Händler, die Pommes frites, Bratwurst und Sauerkraut verkauften, eingefunden. Als Sam die erste Würstchenbude angerollt kommen sah, verfinsterte sich sein Gesicht mehr denn je und er sagte:

»Ich brauche frische Luft.«

Ich wusste nicht, wie ich reagieren sollte, und beschloss, ihm nicht zu folgen, als er wortlos das Studio verließ. Ich wusste eigentlich nie, was tun, wenn die Angst ihn zu quälen schien, wenn seine schwarzen Augen meinen Blick nicht mehr aushielten und er fiebrig nach einer jener Tablettenpackungen suchte, die er offensichtlich immer bei sich trug, meistens in der Gesäßtasche seiner Hose. Ich glaubte, dass es sich um Valium handelte, doch als ich ihn darauf ansprach, schnitt er mir das Wort ab.

»Ich war immer ängstlich, und das hilft mir, Punkt, Schluss, aus.«

Sam blieb ein Rätsel, und seine Angstschübe machten mir nur noch bewusster, dass ich eigentlich nichts oder fast nichts von ihm wusste. Sein überstürzter Aufbruch und sein Unbehagen angesichts des Volksfestcharakters, den die Ereignisse annahmen, ließen mich folgendes Paradox noch stärker empfinden: Meine Gefühle für ihn waren gewaltig, beunruhigend, ich hatte keinen Grund zur Annahme, dass sie nicht erwidert wurden, doch diese Nähe änderte nichts an der Tatsache, dass er ein vollkommen Fremder für mich blieb.

Harry und Jonathan rissen mich aus meinen Gedanken. Es musste etwas gefunden werden, womit wir die Sendung füllen könnten, und nach einer Diskussion mit den meisten anwesenden Journalisten, die alle mehr oder weniger ratlos herumsaßen, wurde beschlossen, dass ich Interviews mit den Schaulustigen führen sollte. Ich war nicht gerade begeistert von der Idee, diese Gaffer zu befragen, außerdem wollte ich das Studio nur ungern verlassen, ohne zu wissen, wohin Sam gegangen war, doch ich hatte keine Wahl. Aufgrund meiner Sprachkenntnisse war ich der Einzige im Team, der eine solche Publikumsbefragung durchführen konnte.

Nach einer halben Stunde kehrte ich mit unserem Kameramann Geoffrey ins Studio der BBC zurück. Ich war entgeistert. Die Nichtigkeit der Antworten hatte meine schlimmsten Befürchtungen weit übertroffen. Die meisten Deutschen hatten mehr Verärgerung geäußert als Mitleid oder Sorge, und ihre Neugier hatte sich einfach von den Sportwettkämpfen, für die sie Karten gekauft hatten, auf ein anderes Spektakel verlagert, das sie nicht begriffen. Dabei war es ihnen ziemlich egal, ob sie sich angesichts des Dramas, das sich da vor ihren Augen abspielte, angemessen verhielten. Oder auch nicht, denn manche hatten noch nicht genug *vor Augen.* »Man sieht ja gar nichts!« Als ich die Antwort eines jungen Mannes übersetzte, dem, zweifellos vom Bier, die Röte ins Gesicht gestiegen war, dachte ich schon, Geoffrey würde ihm gleich mit der Kamera eins überziehen.

»Wollen die etwa, dass die Geiseln auf den Balkon geführt werden, damit sie besser sehen können, wenn man denen die Pistole an die Schläfe hält?«

Als ich Geoffrey anschließend vorschlug, den Standort zu wechseln, um die Gruppen zu filmen, die »*Peace, not war*«-Spruchbänder entrollt hatten – ich meinte, diejenigen wiedererkannt zu haben, die kurz zuvor die *Hatikva* angestimmt hatten –, war er noch immer so aufgebracht, dass er mir vorwarf, ich versuchte andere, positivere Bilder zu drehen, damit der allgemeine Eindruck ausgeglichen blieb.

»Warum reißt du dir immer ein Bein aus, wenn es darum geht, Entschuldigungen für die Krauts zu finden?«

Er hatte nicht unrecht, doch zugleich schienen mir diejenigen, die sich an den Zaun zum Olympiagelände drückten, sich den Bauch mit Würstchen vollschlugen und darauf warteten, dass ein weiterer Israeli starb, nicht zur schweigenden Mehrheit der Deutschen zu gehören. Trotzdem ergab sich, wie ich zugeben musste, aus dem einfältigen Idealismus der einen und der krassen Gleichgültigkeit der anderen kein erfreuliches Bild.

Das alles hatte mich wütend gemacht und deprimiert. Zurück im Studio versank ich in düsteren Gedanken, da sagte Jonathan plötzlich:

»Dein amerikanischer Freund hat dir eine Nachricht hinterlassen.«

Ich konnte meine Freude kaum verbergen, als ich den Umschlag schnappte, doch dabei durchzuckte mich ein anderer Gedanke. Bei aller Erleichterung darüber, von Sam zu hören, merkte ich, dass ich mich nicht anders verhielt als alle jene Deutschen, denen es nur um den Fortgang ihrer fröhlichen Spiele ging, egal, was mit den Geiseln geschah. Denn ich, ich dachte nur an *ihn*.

In seiner Nachricht forderte Sam mich auf, so schnell wie möglich zu ihm ins Pressezentrum zu den israelischen Journalisten zu kommen. Ich erklärte Harry, ich ginge Informationen sammeln, da sich vor unseren Fenstern nichts bewegte, und machte mich nahezu leichten Herzens auf den Weg zu meinem *amerikanischen Freund*.

Im Pressezentrum herrschte dieselbe Mischung aus Aufgeregtheit und Langeweile wie in unserem Studio. Alle Fernsehsender strahlten dieselben Bilder aus: eine friedlich wirkende Straße im Olympischen Dorf, in der ab und zu jemand auf einem Balkon erschien, Gestalten, die Athleten hätten sein können, die an einem Ruhetag das schöne spätsommerliche Wetter ausnutzten. Man musste sehr aufmerksam hinsehen, um zu merken, dass diese vermummten, geschminkten oder ihr Gesicht unter breitkrempigen Hüten verbergenden Männer keine Sportler waren. Die Normalität war nur Fassade.

Sam erzählte mir, dass die Bilder größtenteils von der in fast 292 Meter Höhe auf dem Olympiaturm installierten Kamera des amerikanischen Senders ABC stammten. Seit dem frühen Morgen war sie auf die Connollystraße gerichtet und lieferte das Rohmaterial für die Arbeit von ratlosen Journalisten aus aller Welt. Viele ausländische Sender stützten sich nicht allein auf diese Bilder, sondern auch auf die Kommentare des amerikanischen Journalisten Peter Jennings, dem es genau wie uns gelungen war, sich bei Tagesanbruch ins Olympiadorf zu schleichen, wo er einen idealen Posten in der Wohnung italienischer Athleten gefunden hatte, die genau gegenüber von Haus Nr. 31 lag. Er hatte nur ein einfaches Walkie-Talkie bei sich, doch den perfekten Standort, in der vordersten Loge dieses improvisierten Theaters. Sam flüsterte mir ins Ohr:

»Lass uns zu meinen kanadischen Freunden zurückkehren. Das liegt zwar nicht so günstig wie Jennings' Posten, aber immer noch besser, als hierzubleiben und nichts zu tun, oder?«

Ich zweifelte, ob man noch durch die Absperrungen am Olympischen Dorf käme, aber ich musste zugeben, dass es äußerst frustrierend war, einfach nur darauf zu warten, dass irgendetwas passierte. Und einmal mehr war Sam bestens informiert. Als wir an der Pforte am anderen Ende der Connollystraße unsere Presseausweise vorzeigten, erhielten wir umstandslos Zugang, wir mussten lediglich einen großen Umweg machen, um hinter das Gebäude der kanadischen Delegation zu gelangen. Es war kurz nach zwei Uhr nachmittags, als wir wieder unseren Beobachtungsposten bei Guy und seinen Kameraden einnahmen. Sie hatten sich nicht von der Stelle gerührt, genau wie ein Großteil der Athleten, die in den Nachbargebäuden wohnten, und Guy berichtete uns vom Kommen und Gehen aller möglichen Verantwortlichen unter ihren Fenstern, seit wir weggegangen waren. Das Fernsehen meldete gerade, dass das Ultimatum noch einmal verlängert worden sei – bis drei Uhr diesmal –, als wir auf der Straßenseite gegenüber erneut Walter Tröger und Manfred Schreiber erblickten. Zwei wie Köche gekleidete Männer, die vier Körbe trugen, begleiteten sie. Es begann eine lange Diskussion mit Issa, schließlich holten Tröger und Schreiber Joghurtbecher aus den Körben, um daraus unter den misstrauischen Blicken des Anführers der Geiselnehmer zu kosten.

»Er befürchtet, das Essen könnte vergiftet sein«, sagte Sam.

Dann trug Issa die Körbe einen nach dem anderen höchstpersönlich hinauf, nachdem er mit einer Handbewegung klargemacht hatte, man solle sich nicht einbilden, er ließe irgendwen ins Gebäude.

15 Uhr 38: Endlich waren die Spiele offiziell unterbrochen worden, am nächsten Morgen um zehn Uhr, kündigte man an, finde eine Trauerfeier statt. Denn immerhin hatte in den frühen Morgenstunden ein Mann sein Leben verloren, und es war die Rede

von einem weiteren Verletzten, den an die Deutschen zu übergeben der Schwarze September sich weigerte.

Etwas später erschien ein anderes Mitglied des Kommandos auf dem Balkon, scheinbar unbeteiligt, als machte er eine Zigarettenpause in der Sonne. Auch Sam brauchte eine Pause und lud mich zu einem Bier in der Küche ein. Guy versprach, uns zu rufen, wenn draußen etwas passierte. Zunächst sprach Sam über Wasserball; es sei eine entsetzlich schwierige und zugleich spannend zu verfolgende Sportart; er habe in Montreal Gefallen daran gefunden, nachdem Guy ihn mitgenommen hatte, und bedauere es, dass die Medien sich so wenig dafür interessierten.

»Außer in Ungarn, wo es ein Nationalsport ist, erhalten diese Wettkämpfe, die oft ein unglaublicher Körpereinsatz auszeichnet, nicht die Aufmerksamkeit, die sie verdienen. Das Spiel letzte Woche zwischen Jugoslawien und Kuba zum Beispiel war ebenso spektakulär wie dramatisch: Zwei Spieler wurden im Gesicht verletzt und am Ende des Spiels sah das Wasser im Schwimmbecken aus wie das Rote Meer. Doch kein Mensch hat darüber berichtet.«

Ich gestand, dass ich auch nichts davon verstand und dass ich überhaupt nicht sehr sportlich war. Als ich Sam antwortete, hatte ich einmal mehr den Eindruck, dass die Worte, die wir wechselten, wenig mit dem zu tun hatten, was wir einander sagen wollten.

Tatsächlich wechselte Sam plötzlich, ohne Überleitung, das Thema und fragte mich:

»Hast du *Maurice* von E. M. Forster gelesen?«

Die Frage überraschte mich und ich musste zugeben, dass ich den Roman nicht kannte. Immerhin hatte ich von seiner posthumen Veröffentlichung im Jahr zuvor gehört, ganz wie der Autor es gewollt hatte. Sam spottete, ich solle mich schämen, dass ich unseren größten Nationalschriftsteller nicht besser kennen würde. Dann, nach einer Pause, in der sich sein Gesicht wieder verfinsterte, setzte er abschließend hinzu:

»Weißt du, in einem Satz dieses Romans ist das ganze Buch enthalten. Zu seiner Zeit hätte er gegen die guten Sitten verstoßen, und bestimmt wollte Forster das Buch zu seinen Lebzeiten nicht veröffentlichen, um diesen Satz nicht streichen zu müssen. Ich habe ihn nicht vergessen, denn er ist ganz schlicht: *Zwei Männer können die Welt herausfordern.*«

Ich wusste nicht, was antworten. Musste ich Forsters Roman lesen, damit ich verstand, was Sam mir sagen wollte? Oder sollte ich seine Aussage als Einladung auffassen, über unsere Beziehung nachzudenken? Ich war aufgewühlt, ja erschüttert. Wir steckten in diesem Apartment im Olympiadorf fest, ohnmächtige Zeugen eines Dramas, das wir nicht fassen konnten. Ich wagte nicht einmal, mir einzugestehen, dass ich Lust hatte, mit ihm abzuhauen, die Olympischen Spiele und diese Geiselnahme hinter uns zu lassen. Die

Umstände ließen nicht zu, dass ich Sam sagte, was ich fühlte. Wie sollten wir also die Welt herausfordern, wenn uns nichts anderes übrig blieb, als abzuwarten?

Gegen halb fünf rief uns Guy. Eine Gruppe von mindestens fünf offiziellen Vertretern war vor das Gebäude zurückgekehrt. Der Blick aus unseren Fenstern oder von unserem Balkon erlaubte uns nicht, alle Einzelheiten zu beobachten, doch die Gebärden des einen oder anderen ließen keinen Zweifel daran, dass das Klima der Verhandlungen zusehends angespannter wurde. Sam wies mich darauf hin, dass die Geiselnahme nun bereits elf Stunden andauerte, es musste also dringend eine Lösung gefunden werden, wie auch immer diese aussehen mochte.

Er hatte begonnen, den Ablauf der Ereignisse Stunde für Stunde zu protokollieren, und ermunterte mich, dasselbe zu tun. Im Großen und Ganzen zeigten die Kameras der ABC den Fernsehzuschauern der ganzen Welt etwa dasselbe, was wir sahen, mit einer Ausnahme allerdings: Wir konnten die Umrisse der Geiselnehmer ausmachen, wie sie sich hinter den Scheiben von Nummer 31 bewegten. Wir waren sogar nahe genug dran, um in den Gesichtern aller Beteiligten zu lesen: Issa trug trotz der Granate, die er seit Stunden in seiner linken Hand hielt, die meiste Zeit ein distanziertes, wenn nicht gar ein ironisches Lächeln zur Schau, während es den Verhandlungsführern immer schwerer fiel, ihre Besorgnis und ihre Ungeduld zu verbergen. Vor allem Innenminister Genscher schien von dieser Prüfung gezeichnet zu sein, als er kurz vor fünf zurückkam.

»Komm schnell. Es passiert etwas«, sagte Sam zu mir.

Issa hatte tatsächlich gerade ein Handzeichen in die Richtung eines anderen Kommandomitglieds im ersten Stockwerk gegeben. Genscher war ein Stück vom Eingang zum Gebäude weggetreten, hatte sich in die Mitte der Straße gestellt und den Kopf gehoben. Dann erschien ein Mann am Fenster, seine Hände waren auf dem Rücken gefesselt.

»Oh, mein Gott, das ist Spitzer, der Trainer der Fechtmannschaft«, flüsterte Sam mir zu.

Ich konnte den Umriss eines anderen Mannes direkt hinter ihm sehen, als Sam sagte: »Hör!«

Genscher hatte offenbar erreicht, eine der Geiseln befragen zu können, und ich begriff, dass Sam von mir eine Übersetzung wollte.

Spitzer sprach nicht sehr laut: »Guten Tag, meine Herren.«

»Geht es allen gut?«, schrie Genscher. »Wie geht es den anderen Geiseln?«

»Allen geht es gut, nur einem nicht«, antwortete Spitzer, dann schien es mir, als habe er einen Hieb in den Rücken erhalten, der ihm das Wort abschnitt. Sekunden später fuhr er fort:

»Alle Geiseln, die den Angriff heute Morgen überlebt haben, sind am Leben und in guter Verfassung.«

Genscher schrie zurück:

»Wir werden alles tun, um Sie zu befreien.«

Spitzer öffnete den Mund, versuchte etwas zu sagen, vielleicht um Genscher zu danken, doch nach einigen kaum vernehmbaren Worten wurde er gewaltsam weggezogen und verschwand aus unserem Blickfeld.

Die Szene war unsagbar traurig. Ein Minister der mächtigen Bundesrepublik musste um ein paar Minuten betteln, in denen er einen Israeli befragen durfte, der Gast seines Landes war und dem Terroristen Handschellen angelegt hatten und eine Pistole an die Schläfe hielten. Warum machte er das? Um sich des Wohlergehens der Geiseln zu vergewissern? Um Zeit zu gewinnen? Um ihr Einverständnis für einen Rettungsplan zu erhalten? Damit sie einem Handel mit den Terroristen zustimmten? In unseren Augen und in den Augen der ganzen Welt illustrierte dieser Wortwechsel vor allen Dingen eine Ohnmacht, die nur schwer zu begreifen war. Wie konnte es sein, dass ihnen nichts Besseres einfiel? Dass ein so modernes, vom ökonomischen Erfolg des *Wirtschaftswunders* umstrahltes Land, dem zudem eine legendäre Effizienz nachgesagt wurde, derart vor einer Handvoll Männer kapitulierte? Wie Spitzer da aufrecht am Fenster stand und mit ausgesuchter Höflichkeit in tadellosem, ein wenig veraltetem Deutsch auf Genschers Fragen antwortete, während er seit Stunden mit dem Tod bedroht wurde, war zum unerträglichen und erschütternden Sinnbild der Lähmung der Organisatoren geworden. André Spitzer sei unmittelbar vor den Spielen Vater einer kleinen Tochter geworden, flüsterte Sam mir zu.

Er bedankte sich nicht richtig dafür, dass ich diesen Wortwechsel zwischen den beiden Männern übersetzt hatte, doch er sah mir direkt in die Augen, mit jenem angedeuteten Lächeln, das ich nun schon seit ein paar Tagen kannte, und vertraute mir an:

»Zumindest habe ich etwas, was die anderen nicht haben. Zu schreiben, meine ich.«

Der Ton, in dem mir Sam dieses versteckte Kompliment gemacht hatte, sein Blick, seine entspannten Gesichtszüge schienen mir eindeutig zu bestätigen, dass er sich freute, mit mir zusammen zu sein, und ich fragte mich, ob auch er an die Zukunft dachte, an die Möglichkeit, einander wiederzusehen, wenn das alles hinter uns liegen würde. Einstweilen musste mir diese neue Komplizenschaft genügen, dieses winzige Glück, ihm die Exklusivübersetzung geliefert zu haben. Aber die Traurigkeit überdeckte diese Betrachtungen schnell wieder.

»Ist dir klar, dass Spitzers Frau das alles bestimmt im Fernsehen mitanschauen muss? Ich glaube, sie ist mit ihrer kleinen Tochter bei ihren Eltern in den Niederlanden.«

Es war fünf Uhr nachmittags, und wir grübelten noch immer über den Sinn des abgebrochenen Gesprächs mit dem armen André Spitzer, als Genscher, Tröger und Schreiber sichtlich aufgebracht zurückkehrten, um mit Issa zu sprechen. Das Gespräch war lebhaft, aber die Männer standen jetzt wieder vor dem Eingang des Gebäudes und nicht mehr mitten auf der Straße. Issa gestikulierte und bedeutete dem Mann, den Sam als den Münchner Polizeichef Manfred Schreiber identifiziert hatte, klipp und klar ein NEIN, aber Tröger, der Bürgermeister des Olympischen Dorfs, und Innenminister Genscher gingen trotzdem durch die blaue Tür von Nummer 31 und ins Gebäude. Nur ein paar Minuten später kamen sie wieder heraus und ich erschrak über den Ausdruck in Genschers Gesicht, der offensichtlich entsetzt über das war, was er gesehen hatte. Er wechselte noch einige hitzige Worte mit Issa, dann verschwand er mit den anderen in Richtung Hauptquartier des Olympischen Komitees. Als es auf der Straße wieder ruhig geworden war, ging Sam in die Wohnung zurück, machte sich Notizen und kündigte an, er wolle mit einigen seiner Kontaktleute unter den israelischen Journalisten in München, aber auch in Tel Aviv und Jerusalem telefonieren.

»Stell dir vor, sie haben Mark Spitz ausgeflogen, bestimmt nach London. Anscheinend befürchtet man, dass es dabei nicht bleibt«, teilte er uns mit, als er aus dem Wohnzimmer zurückkam. Er verriet uns nicht, von welchem seiner Informanten er diese Nachricht hatte, die bis zu diesem Zeitpunkt über keinen Fernsehsender verbreitet worden war, doch es schien ihn sehr aufzuwühlen. Ich dachte an das Exklusivinterview, das der Schwimmer uns allein, Sam und mir, sechs Tage zuvor gegeben hatte. Wir hatten über sein Engagement für die jüdische Sportbewegung gesprochen, über seine Teilnahme an den Makkabiaden … Das machte ihn zum potenziellen Ziel eines Terrorkommandos. Diese Männer hielten schon rund zehn israelischen Athleten die Waffe an den Kopf, und sie waren dabei, das mächtige Deutschland durch ein perverses Schauspiel vor der ganzen Welt zu demütigen. Warum also nicht Mark Spitz entführen, den absoluten Helden dieser Spiele?

Sam telefonierte gerade wieder, als sich draußen etwas änderte. Ich war am Fenster geblieben, da ich nichts Besseres zu tun hatte. Seit der Szene mit Spitzer war mir sehr beklommen zumute, und die Freude, Zeit mit Sam zu verbringen, war kein ausreichendes Gegengewicht mehr zu dem Gefühl, einer makaberen Inszenierung beizuwohnen. Ich musste an Spitzers Frau denken, von der Sam mir erzählt hatte, an all die Verwandten und Freunde der Geiseln, die die Ereignisse vor dem Fernsehapparat verfolgten … Schon für uns waren das Warten und das Ohnmachtsgefühl unerträglich geworden, da war es völlig unvorstellbar, wie man diese zur Fernsehshow mutierte Tragödie aushalten konnte, wenn das Leben des eigenen Ehemanns, Bruders oder Vaters auf dem Spiel stand.

Lautes Stimmengewirr riss mich aus meinen Gedanken. Schreie, Applaus, auch Gelächter. Ich wusste aus dem Fernsehen, dass alle Hügel des Olympiaparks, der sich direkt an die Connollystraße anschloss, schwarz vor Zuschauern waren, und deshalb vermutete ich, dass der Lärm von dort käme. Von den Leuten, die dort auf den natürlichen Aussichtspunkten standen, um ein Stück von dem Drama, eine Szene, ein Detail zu erhaschen, das den Kameras vielleicht entgangen sein könnte. Oder um später sagen zu können, dass sie dabei gewesen waren, als … Aber offenbar gab es auch welche, die aus anderen Motiven gekommen waren, denn aus dem Lärm heraus hörte ich deutlich Lieder. Zuerst *We Shall Overcome*, dann wurde erneut die israelische Nationalhymne angestimmt. Der ganze Tumult machte mich stutzig, diese Rufe ergaben keinen Sinn. Ich hörte ein deutliches »Runter mit euch!«, aber auch mehrfach ein »Bravo, Jungs!«, dann rief mich Guy in die Wohnung zurück.

»Schau dir das an, Sebastian, es ist unglaublich.«

Ich begriff nicht sofort.

»Wer sind diese Typen im Trainingsanzug?«

Die Bilder zeigten einen Trupp Polizisten auf dem Dach von Haus Nr. 31. Bestimmt ein Dutzend Männer, alle in Trainingsanzügen, einige behelmt, warteten auf dem Flachdach des Gebäudes direkt neben uns, man hatte sie von unserem Standort aus nur nicht sehen können. Man bereitete sich also offensichtlich darauf vor einzugreifen. Zusammen mit Guy fragten wir uns, ob die Männer Soldaten waren und welchen Plan sie verfolgten. Würden sie sich an der Rückseite des Gebäude bis zur ersten Etage abseilen und die Geiselnehmer überraschen? Im Augenblick schienen die Männer abzuwarten.

Guy und seine Kumpel improvisierten gerade ein Abendessen aus einigen Konserven, die sie im Supermarkt des Olympischen Dorfs gekauft hatten, als das deutsche Fernsehen verkündete, das letzte Ultimatum sei erneut verschoben worden. Das Olympiadorf und München lagen schon fast in nächtlicher Dunkelheit, und dem Hin und Her nach, das unter unseren Fenstern herrschte, begannen sich die Dinge zu überstürzen. Wir sahen den Chef des Kommandos – den die Kommentatoren aller Sendeanstalten weiter Issa nannten, als handelte es sich um einen Kommilitonen – aus dem Haus kommen, zu Genscher gehen und mit ihm im Keller des Gebäudes verschwinden. Guy erklärte uns gerade noch, dass sich darunter eine Tiefgarage befinde, als der Palästinenser im Laufschritt und sichtlich wütend zurückkehrte. Doch es wurde schwierig, in der Dunkelheit nähere Einzelheiten auszumachen. Dann hörte man das Dröhnen eines Hubschraubers, vielleicht auch mehrerer Hubschrauber über unseren Köpfen, danach fuhren zwei Mannschaftswagen am Eingang zu Haus Nummer 31 vor.

»Sie werden sie evakuieren«, rief Sam mir vom Balkon aus zu.

»Aber wohin denn?«, fragte ich zurück.

Doch weder Sam noch die Journalisten im Fernsehen, denen ich zu folgen versuchte, während ich gleichzeitig weiter nach draußen spähte, schienen auch nur die leiseste Ahnung zu haben. Die Verwirrung war vollkommen, die Spannung greifbarer denn je. Es kam uns vor, als hätten die Hubschrauber bereits einen Flug zwischen dem Olympiadorf und einem anderen Ort absolviert, wahrscheinlich einer der Flughäfen in der Nähe von München, doch wir wussten weder, wer sich an Bord befand, noch, welches Ziel sie hatten. Sam sagte eine schnelle Evakuierung zum Flughafen Riem voraus und erklärte uns, die deutschen Entscheidungsträger hätten wohl gerade die Durchführbarkeit einer solchen Operation getestet. Doch es gab keinerlei Gewissheit und wir hatten niemanden mehr aus dem Haus Nr. 31 kommen sehen – bis kurz vor neun, als Issa nach einer Reihe von Verhandlungen mit den Deutschen zusammen mit Polizeichef Schreiber in der Tiefgarage verschwand. Eine halbe Stunde später parkte ein Minibus unweit des Gebäudes und beseitigte, nach der Inspektion zuerst des Parkplatzes und dann des Busses, trotz der erzürnten Miene des Palästinenser-

Anführers alle Zweifel an einem bevorstehenden Ende. Sam sagte zu mir:

»Der Dreckskerl verhandelt jede Einzelheit.«

Tatsächlich fuhr der Minibus wieder davon und wurde zwanzig Minuten später durch einen dunkelgrünen Omnibus ersetzt. Die Kommentatoren der Fernsehsender kündigten eine unmittelbar bevorstehende Evakuierung zu einem geheim gehaltenen Ort an, die Menschenmenge, die das Olympiadorf belagerte, war noch genauso dicht wie am Tag, und mir fiel nichts Besseres ein, als zwischen dem Fenster und dem Fernsehapparat im Apartment der kanadischen Athleten hin und her zu tigern. Die Kameras waren schon nicht mehr auf die Connollystraße, sondern auf die Hubschrauber gerichtet, die sechshundert Meter entfernt warteten.

Als noch ein Mitglied des Kommandos vor Haus Nummer 31 auftauchte, schwand die Ungewissheit weiter. Mit einer Maschinenpistole in den Händen inspizierte der Mann im Halbdunkel die unmittelbare Umgebung des Busses und maß seine Entfernung zum Gebäude ab. Die ruckartigen Bewegungen verrieten seine Nervosität, doch schließlich kehrte er vor die blaue Haustür zurück. Während Sam in sein Notizheft kritzelte, sagte er leise: »Es ist zweiundzwanzig Uhr drei.«

Ich kam nicht mehr dazu, mich nach der Bedeutung dieser Bemerkung zu erkundigen – bestimmt wollte er nur seine journalistischen Reflexe reaktivieren, sich beruhigen, indem er sich vergewisserte, dass er hier war, um seine Arbeit zu machen und aus keinem anderen Grund. Die Tür ging auf. Zuerst sah ich nur Umrisse, die ich kaum unterscheiden konnte, dann erblickte ich die Geiseln, drei Dreiergruppen, alle mit verbundenen Augen, jede Gruppe von einem oder zwei bewaffneten Terroristen vorwärtsgetrieben. Ein beinahe irrealer Zug, der sich im Dunkeln mühsam die knapp dreißig Meter bis zu dem großen grünen Bus vortastete. Ich hatte noch nie etwas so Erschütterndes gesehen wie diese gefesselten Männer, gezwungen, auf ein unbekanntes Ziel zuzugehen, das ebenso gut Freiheit wie Tod bedeuten konnte. Ich hörte Sam zählen. Als das letzte Mitglied des Kommandos, das zurückgeblieben war, um die ganze Operation vom Balkon der zweiten Etage aus zu überwachen, im Laufschritt zu den anderen aufschloss, sagte er zu mir:

»Acht. Sie sind zu acht. Mit neun Geiseln.«

»Komm, Sebastian. Hier gibt es für uns nichts mehr zu tun.«

Es war kurz nach halb elf. Sam drückte Guy einen Kuss auf die Wange und dankte der ganzen kanadischen Wasserballmannschaft mit einer gewissen Ungeniertheit, wie mir schien, dann stürzten wir die Treppe hinunter und rannten zum *Loch*. Sam wollte seine Redaktion anrufen und danach auf den Bildschirmen im Pressezentrum die Auflösung der Geschichte verfolgen, wie er sich ausdrückte. Er gab sich jetzt plötzlich entschieden optimistisch, und ich fragte mich, ob das nicht einfach eine Reaktion auf das Übermaß an Gefühlen war, das ihn beinahe erstickt hatte, als wir die Geiseln eine nach der anderen erst in den Bus, dann in die Hubschrauber steigen sahen. In den endlosen Minuten, als die ganze Welt ohnmächtig dem Schauspiel zusah, wie acht bis an die Zähne bewaffnete Männer neun Geiseln einem ungewissen Schicksal entgegentrieben, hatte er einen nach dem anderen ihre Namen aufgelistet und dabei vor Wut gezittert.

»Berger, Friedman, Halfin, Springer.«

Dann:

»Shapira, Spitzer, Slavin, Shorr, Gutfreund.«

Doch dann sagte er zu mir:

»Ich bin sicher, sie wissen, was sie tun. Bei der Ankunft am Flughafen werden sie sich diese Schweine schnappen, so viel ist sicher. Fünfzehn Scharfschützen und dieser Aberwitz ist vorbei.«

Er war nicht der Einzige, der an eine radikale und schnelle Lösung dieser Art glaubte. Bei unserer Ankunft im Pressezentrum ergingen sich Hunderte von erschöpften Journalisten in Spekulationen, und viele von ihnen hatten volles Vertrauen in die Deutschen. Die Tatsache, dass die Hubschrauber zum Fliegerhorst Fürstenfeldbruck flogen und nicht zum zivilen Flughafen Riem, wurde von allen als gute Nachricht ausgelegt. Die Mehrheit der Kollegen, mit denen wir beim Warten sprachen, hielt ein Eingreifen der Bundeswehr für wahrscheinlich. Manche entschlossen sich dazu, mit ihren Teams nach Fürstenfeldbruck zu fahren, um Bilder zu machen. Denn auf den Mattscheiben füllten nun wieder die Kommentatoren mit ihren endlosen Spekulationen die Sendezeit aus, oder man wiederholte die Reportagen des Tages – das Drama spielte sich jetzt rund vierzig Kilometer außerhalb von München ab und zum ersten Mal seit Sonnenaufgang nicht mehr vor laufenden Kameras.

Die ununterbrochene mediale Berichterstattung seit den frühen Morgenstunden hatte uns gezwungen, auf ganz neue Weise zu arbeiten, und unter den noch anwesenden Journalisten im Pressezentrum gab es keinen, der nicht erschöpft gewesen wäre. Niemand von uns hatte je live von einem solchen Ereignis berichtet, und nur wenigen war diese Aufgabe geheuer. Welche Rolle spielten wir eigentlich bei dem Ganzen? Notgedrungen hatten wir ohne die geringste Distanz berichtet und ohne jede Möglichkeit zur Überprüfung der Informationen, die die offiziellen Stellen lieferten. Die Fernsehjournalisten hatten keine Wahl, als Bilder zu kommentieren, die aus einer einzigen Quelle stammten, die sie zeitgleich mit den Fernsehzuschauern sahen, und es war ihnen zweifellos unangenehm, dass sie dabei so tun mussten, als wüssten sie mehr als diese. Wir waren vollkommen abhängig von den Bildern, die

ABC lieferte, sowie von den wenigen Presseerklärungen des Olympischen Komitees. Sam hatte nach verschiedenen Blickwinkeln und anderen Lösungen gesucht, um etwas Abstand wahren zu können, und ich hatte ihn den ganzen Tag über bewundert für seine Entschlossenheit, nicht in der offiziellen Version gefangen zu bleiben. Er hatte mich mit seinem Einsatz, der sich zeitweise in eine Art Furor verwandelt hatte, ebenso beeindruckt wie erschreckt; in meinen Augen machte ihn das noch liebenswerter und zugleich noch unerreichbarer. Er ergriff Partei, voller Leidenschaft, während ich mich mit Zweifeln herumschlug. Menschenleben standen auf dem Spiel, und ich musste immerzu an mich, an ihn denken. Dabei war mir klar, dass ich meine Befindlichkeit vergessen und aufhören sollte, mich zu fragen, wo mein Platz in dieser ganzen Angelegenheit war; dass ich schlicht und einfach meine Arbeit machen sollte. Ich konnte es nicht.

Für Sam, der genau wusste, was auf dem Spiel stand, war es bestimmt schwer gewesen, sich nicht von seinen Gefühlen überwältigen zu lassen, nicht das Mitleid für die Athleten, die er alle kannte, zwischen sich und seine Aufgabe treten zu lassen. Und doch würde seine Reportage ein wahres Licht auf die Sache werfen, davon war ich fest überzeugt. Bei unserer Ankunft im *Loch* schien er mir dennoch von alldem sehr erschöpft zu sein. Das Schreiben seines Artikels musste ein wenig warten. Als er sich in einen der Sessel fallen ließ, sah ich die Müdigkeit in seinen Augen. Trotz allem meinte er nach einer Weile:

»Ich war froh, das alles mit dir zu erleben. Es war wirklich wichtig für mich.«

Ich lächelte ihn an, und er fügte hinzu:

»Morgen wird man die Befreiung der Geiseln und das Ende dieses Albtraums feiern, du wirst sehen. Es ist fast geschafft …«

Niemandem um uns herum gelang es, Verbindung mit den Teams aufzunehmen, die sich zum Fliegerhorst aufgemacht hatten, was nicht verhinderte, dass alle möglichen Gerüchte in Umlauf waren. Es hieß, die Straßen seien verstopft und dass Tausende Autos die Autobahn von München nach Fürstenfeldbruck blockierten, aber auch, dass auf dem Flughafen heftige Schusswechsel zu hören gewesen seien.

Sam hatte mir seinen Kopf auf die Schulter gelegt und ich sorgte mich ein wenig, ob diese Haltung nicht zu viel von unserer Vertrautheit verriet. Gleichwie, ich wollte mich nicht mehr bewegen. Nur Minuten später sackte Sam in sich zusammen und ich stellte fest, dass er eingeschlafen war.

Um 23:31 Uhr platzte eine Eilnachricht von Reuters herein: »Alle israelischen Geiseln sind befreit worden.«

Die Nachricht verbreitete sich in Windeseile im großen Pressesaal, weckte mit einem Schlag all die schlummernden Journalisten, so auch Sam. Vor Aufregung und Erleichterung drehte er sich im Kreis, begann mich wie wild zu schütteln und rief: »Siehst du, ich habe es dir gesagt. Sie sind gerettet!« Und als wenig später Conrad Ahlers, der deutsche Regierungssprecher, Jim McKay auf ABC bestätigte, die Polizeiaktion sei von Erfolg gekrönt gewesen, war er endgültig hellwach. Er drückte mein Knie noch fester, sah mir mit seinem unbeschreiblichen angedeuteten Lächeln direkt in die Augen und sagte:

»Komm.«

DRITTER TEIL

Mittwoch, 6. September

Sams Zimmer sah genauso aus wie meines oder vielmehr wie eine seitenverkehrt eingerichtete Kopie. Ein weiß bezogenes Einzelbett an der rechten Wand – bei mir stand es an der linken –, an der freien Bettseite der gleiche Nachttisch aus hellem Holz und an der Wand gegenüber der gleiche kleine Schreibtisch mit rotem Bürostuhl. Beim Hineingehen berührte Sam meine Hand, nachdem er die Tür hinter sich zugezogen hatte, und der Anblick dieses in allen Einzelheiten identischen und dennoch merkwürdig anderen Zimmers verstärkte das Schwindelgefühl, in das mich der sanfte Fingerdruck versetzte, den ich auf meinem Handgelenk spürte. Ein hartnäckiges Gefühl, wie ich es nie zuvor empfunden hatte. Lust, mich in seinen Augen zu verlieren, als ob man tatsächlich im Blick eines anderen versinken könnte. Mich in diesem Versprechen zu vergessen, das wünschte ich mir am allermeisten.

Als das Klingeln des Telefons die Nacht zerriss, schreckte Sam hoch und warf mich dabei fast aus dem Bett. Ich hörte ihn zischend fluchen:

»Was soll der Scheiß?«

Die Leuchtziffern auf dem Radiowecker zeigten 2 Uhr 58. Sam fand im Dunkeln endlich das Telefon, er antwortete »*Ken*«, dann »*Lo, lo*«, was nahezu die einzigen Worte waren, die ich auf Hebräisch kannte. Ja und Nein. Er legte auf und brüllte dann:

»Zieh dich an. Mach schnell.«

Unsere Kleider lagen am Fußende des Bettes, und als Sam das Licht anknipste, standen wir uns für einen kurzen Augenblick nackt gegenüber, bis wir uns bückten, um unsere Sachen aus dem Haufen auf dem Boden zu nehmen.

Diesen Körper hatte ich die letzten drei Stunden gestreichelt, jeden Quadratzentimeter seiner Haut mit den Händen erkundet, dann war ich an ihn geschmiegt eingeschlafen, doch ihn nun bei Licht in seiner Nacktheit zu sehen, war wie ein Schlag in die Magengrube. Seine Schönheit, diese Mischung aus Kraft und Zartheit, und mit ihr die Erinnerung daran, wie unsere Körper sich berührt hatten, war einfach überwältigend, ich stand da wie angewurzelt.

»Es gibt eine Pressekonferenz im *Loch*. Beeil dich.«

Ich wusste noch immer nicht, was passiert war und warum er in so einem Zustand war. Wir stürzten die Stufen im Treppenhaus hinunter. Als wir aus der Haustür waren, schlug er den Weg zum Pressezentrum ein und schrie mir im Rennen zu:

»Laut dem Korrespondenten von *Jedi'ot Acharonot*

sind sie alle tot. Man hat uns Märchen erzählt. Sie sind alle tot!«

Am *Loch* angekommen, schoss mir der Gedanke durch den Kopf, dass es besser wäre, wenn man uns nicht zusammen sehen würde, doch es war zu spät, um uns zu trennen. Die Spannung, die dort herrschte, war aber so groß, dass sowieso niemand auf uns achtete. Mindestens sechshundert Journalisten waren da, dazu die Funktionäre, die Mitglieder der deutschen und der bayerischen Regierung. Und das kurz nach drei Uhr früh. Der große Saal des Pressezentrums schien zu bersten. Auch ohne den Telefonanruf des israelischen Journalisten bei Sam wäre mir allein aufgrund dieses Anblicks klar geworden, dass die Ereignisse seit Mitternacht eine schlimme Wendung genommen hatten. Weshalb sonst sollte hier so viel los sein?

Auf Sams Gesicht las ich, dass er denselben Gedanken hatte wie ich. Er war sehr blass, und seine schwarzen Augen fixierten mich so eindringlich, dass es mir beinahe Angst einjagte.

Man hob zu einem langen Bericht über alle Ereignisse des Tages an und legte dabei regelmäßig Pausen für die Übersetzer ein. Die Wiederholung in drei Sprachen dessen, was alle bereits wussten, war unerträglich. Sam verstand kaum Deutsch, und ich war mir sicher, dass er wie auf glühenden Kohlen saß; deshalb versuchte ich, ihm das Wesentliche flüsternd zu übersetzen, damit er nicht den offiziellen Dolmetscher abwarten musste. Nach zwanzigminütigen einleitenden Erklärungen, durch die wir nichts Neues erfuhren, wagte ein amerikanischer Journalist, den bayerischen Innenminister Bruno Merk zu unterbrechen und ihn nach den neun Israelis zu fragen, die man nach Fürstenfeldbruck gebracht hatte.

Die Antwort bestätigte die schlimmsten Befürchtungen:

»Sie sollten sich darauf gefasst machen, dass alle Geiseln getötet wurden.«

Ich ergriff Sams Hand. Ich wusste, dass alles vorbei war.

Es war unfassbar. Die ganze Welt war beruhigt zu Bett gegangen, erleichtert über die guten Nachrichten aus Fürstenfeldbruck; die Morgenzeitungen würden mit Titelblättern erscheinen, die die Befreiung der neun Geiseln meldeten, und jetzt, um halb vier Uhr morgens, verkündete man uns, nachdem man lange um den heißen Brei herumgeredet hatte, man müsse »sich darauf gefasst machen, dass alle Geiseln getötet wurden«.

Was war geschehen? Wie hatte vier Stunden zuvor eine von offizieller Seite bestätigte Fehlinformation um die Welt gehen können, während in Wirklichkeit, vierzig Kilometer entfernt, noch nichts entschieden, nichts gelöst war? Die Pressekonferenz schwankte zwischen Farce und Tragödie. Man hatte uns zum Narren gehalten, reingelegt, in die Irre geführt, und jetzt mussten wir den Bericht von einer langen Schießerei, einem Blutbad verdauen. Nach zwei Stunden Schlaf oder einer durchwachten Nacht und einigen Gläschen zu viel sprang uns beim Aufwachen der Tod an die Gurgel. Einen schlimmeren Kater hatte noch keiner von uns erlebt. Alle israelischen Geiseln waren tot: Weinberg starb beim Überfall am Morgen; Romano verblutete wenig später vor den Augen seiner Kameraden; Springer, Halfin, Friedman und Berger waren nach der Explosion einer Granate im Helikopter verbrannt; Gutfreund, Shorr, Slavin, Spitzer und Shapira einer nach dem anderen von einem Terroristen mit der Maschinenpistole erschossen worden, alles das um Mitternacht … Da lagen wir einander bereits in den Armen, doch ich wagte nicht, diesen Gedanken zu Ende zu denken, und Sam bestimmt auch nicht, der in seiner Gesäßtasche fieberhaft nach einer seiner Tabletten suchte, bevor er aufstand und, ohne mich anzusehen, sagte:

»Ich gehe zu den Israelis rüber. Du fragst die offiziellen deutschen Vertreter aus und wartest hier auf mich.«

Es war keine Bitte, und wenn ich nicht ein solches Entsetzen in seinen Augen gesehen hätte, hätte ich mich bei dem Tonfall erniedrigt gefühlt. Doch ich wusste bereits, dass das alles keine Bedeutung mehr hatte. Der Geschmack seiner Lippen lag noch auf meinen, in meinem Körper zitterte noch die Lust nach, die wir einander gegeben hatten, und ich hatte kaum Zeit gehabt, mich Hals über Kopf in diesen Mann zu verlieben, kaum Zeit, diese Glückseligkeit auszukosten, die mich überkommen hatte, als ich an ihn geschmiegt eingeschlafen war, kaum Zeit, darüber nachzudenken, dass es größere Gefühle gab als mich. Drei Stunden, und schon begann alles nach Asche zu schmecken. Ich war benommen, unfähig, mich zu rühren, im fahlen Licht des Pressezentrums vermischte sich die Erinnerung an dieses skandalöse Glück – schon – mit der Entdeckung des Grauens eines Blutbads. Um mich überall düstere Mienen, niedergeschlagene Menschen mit ausdruckslosen Gesichtern, unter denen ich allein war, einsamer als je zuvor ein Mensch, denn mir war gerade das Herz gebrochen, da war ich sicher. Doch mein Leid war obszön, wen interessierte schon, dass mein Leben in Scherben lag, welche Bedeutung konnte das haben, wo doch gerade elf Unschuldige unter grausamen Umständen gestorben waren? Aber das Gefühl der Erfüllung war noch nicht ganz verschwunden, unter meiner rechten Hand spürte ich noch seine Wange, die ich nach dem ersten Kuss gestreichelt hatte, als ich die Waffen streckte, ihm zeigte, dass ich mich ihm überließ, dass er mit mir tun konnte, was er wollte. Ich spürte noch den Augenblick, in dem ich nur noch reine Hingabe war. Mir war bewusst, dass es mein Leben für immer verändert hatte, und ich war froh darüber.

Als Sam am frühen Morgen von seinen Nachforschungen zurückkam, hatte ich mich von meinem Sessel im Pressezentrum kaum wegbewegt. Keiner der Deutschen war bereit gewesen, mir nähere Informationen zu geben, und ich hatte nicht die Kraft gehabt, weiterzugraben. Sam dagegen war erfolgreicher gewesen.

»Ich kann kaum glauben, was die Israelis mir erzählt haben. Es ist schlimmer als alles, was wir uns hätten ausmalen können. Wir sprechen später darüber. Jetzt brauche ich erst mal eine Schreibmaschine.«

Sam hatte recht: Es war besser, unserem professionellen Instinkt zu folgen. Fragen zu stellen, zu versuchen zu verstehen, unsere Arbeit zu machen. Seine Haltung weckte mich aus meiner Erstarrung. Er hatte seine israelischen Quellen genutzt und zwei Agenten des Mossad getroffen, die die israelische Regierung nach Bekanntwerden der Geiselnahme eiligst nach Deutschland geschickt hatte. Warum also nicht meine Deutschkenntnisse zur Befragung von Zeugen nutzen? Im *Loch* fand ich schließlich einen deutschen Journalisten, der nach Fürstenfeldbruck aufgebrochen war, wo sich Tausende Schaulustiger und eine Handvoll Journalisten vor den Absperrungen des Fliegerhorsts gedrängt hatten, um den Ausgang der Geiselnahme mitzuerleben. Kurz nach dreiundzwanzig Uhr, erklärte er mir, sei ein Mann mit der Kopfbedeckung der Funktionäre des Olympischen Komitees vor dem

Zaun des Flughafens erschienen und habe erklärt, alle Geiseln seien befreit worden. Wer war dieser Mann, dass er das Ende des Albtraums verkünden konnte? Ein Ehrenamtlicher mit besten Absichten, der seine Wünsche mit der Wirklichkeit verwechselte? Oder ein perverser Psychopath, der sich an einem makaberen Scherz ergötzte, dem die Vorstellung gefiel, dass er rund um die Welt ein gewaltiges und irrtümliches Aufatmen auslöste, dass er die Angehörigen der Geiseln, die sich unbändig über die Nachricht von der Rettung ihres Vaters, Bruders oder Ehemanns freuten, ebenso ins Bett geschickt hatte wie Tausende müder Fernsehzuschauer, ganz zu schweigen von Golda Meir und dem deutschen Kanzler? Von Sam und mir? Alle, die dann mitten in der Nacht oder im Morgengrauen die schreckliche, unerträgliche Wahrheit erfahren sollten. Mein deutscher Kollege war sich mit mir darin einig, dass wir wahrscheinlich nie erfahren würden, wer dieser Mann war, der Millionen Menschen auf abscheuliche Weise in ihrer Freude getäuscht hatte, dem es gelungen war, die Medien weltweit an der Nase herumzuführen, und der dem tragischen Geschehen des Tages in seinen schwindelerregenden Ausmaßen ein groteskes Ausrufezeichen hinzugefügt hatte. Sein Name sollte unbekannt bleiben, und ich würde ihm nie gestehen können, dass ich ihm zwar dankbar für seine Lüge, doch zugleich zutiefst beschämt darüber war.

Denn wie sollte ich vergessen, dass ich seiner Lüge oder seinem Irrtum jenes »Komm« verdankte, das Sam an mich gerichtet hatte?

»Die Spiele müssen weitergehen!«

Das ganze Stadion spendete Avery Brundage Beifall, und zweifellos auch die ganze Nation. Alle hatten eine solche Lösung erwartet oder erhofft. Die ganze Welt außer der kleinen israelischen Delegation, die dort auf dem Rasen des Olympiastadions versammelt war. Es war zehn Uhr früh, und elf leere Stühle erinnerten daran, dass elf Athleten beim Appell fehlten. Denn sie würden in elf Särgen zusammen mit ihren überlebenden Landsleuten in ihr Heimatland zurückkehren. Als Beethovens Trauermarsch erklang, saß ich neben Sam. Er konnte seine Tränen nicht zurückhalten. Hilflos legte ich ihm eine Hand auf die Schulter. Er hatte die ermordeten Athleten und Trainer gekannt, die Männer, die nach einem endlosen Tag im Vorzimmer des Todes von Kugeln durchsiebt worden oder bei lebendigem Leib verbrannt waren, und er kannte die anderen, die lebten und trauerten. Sie wirkten verunsichert und zerbrechlich, saßen auf unpassenden Plastikstühlen an einem Ort, der nicht für eine Totenfeier geschaffen war, in diesem Stadion, das der Schauplatz großer sportlicher Leistungen sein sollte, eine Siegesbühne für Körper im Freudentaumel. Diese kraftvollen und schnellen Athleten, die Ringer, Wasserballspieler, Fechter und die Sprinterin, die an ihrem letzten Wettlauf nicht mehr teilnehmen würde und die um ihren Trainer weinte, waren nur noch Schatten ihrer selbst. Auch die beiden Überlebenden, Gad Tsabari und Tuvia Sokolovsky, waren da im Trainingsanzug, die Füße in Sandalen, noch verlorener vielleicht als die anderen. Sam zeigte mir Ankie Spitzer, die gerade mit dem Flugzeug aus den Niederlanden gekommen war und die ihren Mann zum letzten Mal im Fernsehen gesehen hatte, wie er mit auf dem Rücken gefesselten Händen in der Connollystraße 31 am Fenster stand, denn wie überall auf der Welt hatte man in Holland die Ereignisse des Vortags live übertragen. Sam rief es mir in Erinnerung:

»Ihre kleine Tochter ist kurz vor den Spielen zur Welt gekommen.«

Er kannte sie alle. Einige hatte er für die *Jewish Week* porträtiert, und wenige Stunden bevor sie unfreiwillige Schauspieler in einem mörderischen Drama wurden, war er mit ihnen zusammen in einem Musical gewesen.

Der deutsche Bundespräsident sprach den Familien und der ganzen israelischen Nation sein Beileid aus. Avery Brundage, der scheidende Präsident des Internationalen Olympischen Komitees, beschwor den olympischen Geist, der nicht tot sei, und die offiziellen Vertreter und hochrangigen Gäste – vom Herzog von Edinburgh bis zu Fürst Rainier von Monaco – schienen nicht wirklich zu wissen, was sie hier machten. Sie waren zu einem Fest gekommen, und man zwang sie, einer Trauerfeier beizuwohnen. Jesse Owens, der sechsunddreißig Jahre nach den finsteren Olympischen Spielen von Berlin nach Deutschland zurückgekehrt war, weinte wie ein Kind. Doch andere schienen es eilig zu haben, damit abzuschließen, und das hatte nichts zu tun mit der jüdischen Tradition, nach der die Verstorbenen so schnell wie möglich begraben werden müssen.

Sam teilte mir flüsternd mit, dass man den Sarg mit David Berger, dem jungen Gewichtheber aus Cleveland mit doppelter Staatsbürgerschaft, nicht mit seinen Kameraden nach Israel, sondern in die Vereinigten Staaten überführen würde in einem Flugzeug, das Präsident Nixon noch am selben Tag geschickt hatte, und dass er mit ihm fliegen werde.

»Das ist unser Abschied. Hier. Jetzt. Ich kann nicht bleiben. Bitte nimm das.«

Er reichte mir einen Umschlag und forderte mich auf, ihn zu öffnen. Ich wusste gleich, dass es sich um den Durchschlag seiner Aufzeichnungen handelte – um die Aussagen der israelischen Agenten, die in Fürstenfeldbruck vor Ort gewesen waren.

Wir standen mitten in der Menschenmenge, die sich anschickte, das Stadion zu verlassen. Ich konnte nicht einmal seine Hand fassen, noch weniger ihn umarmen, nur mich ein letztes Mal in seinen schwarzen Augen verlieren. Dann sah ich ihn entschlossen und schnellen Schrittes davoneilen.

Sollte die Rückenansicht eines Mannes das letzte Bild sein, das ich von Sam bewahren würde? Ich hatte es geschafft, diesen Mann, dessen Blick mich verwandelt hatte, auf seine ganz besondere Weise zum Lächeln zu bringen. Ich hatte ihn nacheinander scheu, aufgekratzt und leidenschaftlich erlebt, und schließlich sah ich ihn verletzt, mit Augen voller Tränen. Würde mir jetzt nichts weiter bleiben als das Bild eines Mannes, der weggeht?

Ich fühlte nichts, ich kam mir nur blöd vor, als ich wie angewurzelt dastand, unfähig, mich zu bewegen, ohne die geringste Ahnung, was ich tun könnte. Wie konnte ich das deuten, was mir soeben widerfahren war? Ich suchte noch einmal nach ihm unter den vielen tausend Namenlosen, vergeblich.

Donnerstag, 7. September

Ich war vor Schmerz wie betäubt, hatte die Nacht nicht geschlafen. Ein einziger Gedanke drehte sich endlos in meinem Kopf und er ließ sich mit diesem Vornamen zusammenfassen: Sam. Ich fühlte mich verloren und glaubte es für immer zu sein. Die Realität der jüngsten Ereignisse schien sich hinter einem Nebel wirrer Gefühle zu verstecken, und der einzige Gedanke, den ich fassen konnte, war: »Ich muss mit Sam darüber sprechen.« Doch Sam war nicht mehr da. Verschwunden auf die andere Seite des Atlantiks, abgereist mit einem Sarg im Frachtraum seines Flugzeugs. Dieses Bild quälte mich: Sam in dieser Sondermaschine, die der amerikanische Präsident nach München gesandt hatte, und einige Meter unter seinem Sitz der Sarg des jungen Athleten. Wie reist man mit dem Tod im Frachtraum? Ich hätte Sam gerne gefragt, ob er aus dem Flugzeugfenster gesehen hat, wie man es automatisch tut, ob ihn der Anblick der französischen und der englischen Küste begeistert hat, die zehntausend Fuß unter ihm das blaue Meer eingrenzten, ob er die seltsame Schönheit der Wolken über dem Atlantik bewundert hat, ob er in jenen langen Stunden gedöst oder gelesen oder geschrieben hat, und ob er dabei vergessen konnte, dass er das traurige Privileg hatte, einen toten jungen Mann zu seinen Eltern zurückzubringen.

Ich nahm es ihm übel, dass er mich für David Berger verlassen hatte. Ich nahm es den Terroristen übel, dass sie die Zeit bis zum Ende der Spiele am 10. September verkürzt hatten, von der ich dachte, dass sie uns gewährt sei. Weil sie uns dieses Zwischenspiel verdorben hatten, das durch einen einfachen Blick am Abend meiner Ankunft in München begonnen hatte. Das nicht zu mir gehörte und das ich, das wusste ich genau, hinter mir lassen musste. Aber ich konnte mir nichts vormachen: Ich war nicht bereit, das Ende zu akzeptieren. Hatte er nicht gesagt, zwei Männer könnten die Welt herausfordern?

Jonathan hatte ebenso viele Schwierigkeiten wie ich, die Arbeit wieder aufzunehmen, wenn auch aus anderen Gründen. Er bekam vor Wut kaum Luft.

»Stell dir das mal vor, angeblich haben sie die Unterstützung der Israelis abgelehnt. Sie haben ihnen geantwortet, sie hätten alles unter Kontrolle, sie hätten einen Plan. Und dann haben sie alle nur tatenlos zugesehen bei diesem Blutbad in Fürstenfeldbruck. Niemand hatte einen Plan! Offenbar wussten die Scharfschützen nicht einmal, wie viele Terroristen beteiligt waren … und sie konnten sie nicht sehen. Amateure, die reinsten Amateure, aber sie sind schuld daran, dass alle tot sind! Kannst du mir als Deutschlandkenner sagen, wo ihre legendäre Effektivität, ihr Organisationstalent abgeblieben sind? Sie haben zugelassen, dass die Geiseln wie Kaninchen abgeknallt wurden!«

Ich wusste nicht, was ich Jonathan antworten sollte. Ich wollte ihm nicht sagen, dass Sam Berichte von den beiden israelischen Agenten erhalten hatte, die nach München gekommen waren, ich hatte es ja selbst noch nicht gewagt, mir diese Aufzeichnungen anzusehen. Aber mir war klar, dass Jonathan zu Recht empört war, und plötzlich begriff ich, dass jetzt ich an der Reihe war zu handeln. Dass ich tun musste, was Sam getan hätte, was wir vielleicht zusammen getan hätten, wenn er nicht mit dem Leichnam von David Berger in die Vereinigten Staaten zurückgekehrt wäre.

Ich weiß nicht, was Jonathan in meinem Blick las, aber ich sagte zu ihm:

»Du behauptest, die deutsche Polizei sei für eine solche Krisensituation weder ausgerüstet noch vorbereitet gewesen? Ich habe eine Idee. Du weißt doch, der Vetter meines Hausmeisters ist Polizist, der, bei dem wir die Reportage über die Deutschen vor dem Fernseher gedreht haben. Ich fahre zu ihm. Vielleicht kann er mir weiterhelfen.«

Jonathan nickte zustimmend.

»Ja, geh der Sache mal nach. Auch wenn das niemanden zurückbringt.«

Ich zuckte die Achseln. Jonathans kleiner Nachsatz hatte mich etwas anderes begreifen lassen: Auch Sam würde das nicht zurückbringen.

Er hatte mir weder seine Adresse noch seine Telefonnummer hinterlassen. Nur einige mit der Schreibmaschine getippte Seiten. Ich wusste, dass ich sie lesen musste, bevor ich mit meinen Recherchen fortfuhr, noch bevor ich in Richtung deutscher Polizei nachforschte. Zudem wuchs der Gedanke in mir, dass mir Sam seine Aufzeichnungen nicht ohne Grund anvertraut hatte. Seinem Freund bei *Jedi'ot Acharonot* hatte er es zu verdanken, dass er als einziger westlicher Journalist die Aussagen von zwei israelischen Geheimagenten, Zwi Zamir und Victor Cohen, direkt nach ihrer Rückkehr aus Fürstenfeldbruck protokollieren konnte. Er würde es sicher in der *Jewish Week* veröffentlichen, doch eine Reportage auf der Grundlage ihrer Berichte, die von der BBC ausgestrahlt wurde, hätte ein ganz anderes Gewicht, und Sam wusste das. Ich zitterte, als ich seine Aufzeichnungen las, eine Mitschrift der Aussagen von Zamir und Cohen:

»Den größten Teil des Tages wurden wir von den Verhandlungen ferngehalten, doch Bundesinnenminister Hans-Dietrich Genscher hat uns besser behandelt als die bayerischen Behörden. Ihm ist es zu verdanken, dass man uns zum Flughafen von Fürstenfeldbruck mitnahm. Niemand konnte uns sagen, was genau geplant war. Kaum vor Ort, gegen halb elf Uhr abends, mussten wir den Deutschen in den Kontrollturm folgen. Wir hatte keine Zeit, die örtlichen Gegebenheiten zu inspizieren, und von offizieller Seite war niemand bereit, auf unsere Fragen zu antworten. Doch wir waren besorgt: Das Gelände war nicht gut beleuchtet, tatsächlich befand sich fast die ganze Zone im Dunkeln und die Operation zur Geiselrettung oblag ganzen fünf Scharfschützen. Drei auf dem Kontrollturm, zwei auf dem Rollfeld. Dann ging alles sehr schnell. Die beiden Hubschrauber setzten auf, kurz darauf inspizierte Issa, der Anführer des Kommandos, die Boeing 727, die rund einhundertfünfzig Meter entfernt wartete. Knapp zwei Minuten später verließ er brüllend die Maschine, und unmittelbar danach begann die Schießerei. Niemand wusste, wer das Feuer eröffnet hatte, es wurde in alle Richtungen geschossen. Ein unbeschreibliches Chaos. Fünf deutsche Scharfschützen gegen acht Palästinenser. Sogar im zweiten Stock des Kontrollturms, wo wir uns befanden, pfiffen die Kugeln, und die Deutschen warfen sich unter die Tische. Nach nur wenigen Minuten wurde ein im Erdgeschoss des Towers positionierter junger Polizist von einer Kugel in den Kopf getroffen. Der Schusswechsel hielt sehr lange an, die Lage war vollkommen unübersichtlich. Ein Vertreter der bayrischen Regierung begann zu fluchen und alle zu beschimpfen. Genscher erklärte uns seinerseits, er könne nichts tun, da für den Fliegerhorst die

Bayern zuständig seien und nicht die deutsche Regierung. Als wir die Deutschen baten, uns eingreifen zu lassen, um mit dem Kommando zu verhandeln, stellten wir fest, dass der Einsatzleiter keine Möglichkeit hatte, seine Scharfschützen zu kontaktieren: Man hatte vergessen, sie mit Walkie-Talkies auszustatten. Sie hatten auch keine Infrarotbrillen! Sie schossen praktisch auf gut Glück in die Dunkelheit, und die Erwiderung der Palästinenser war heftig. Wir erreichten, dass wir aufs Dach des Kontrollturms steigen durften, um mit Hilfe eines Megaphons zu den Terroristen zu sprechen. Wir schrien ihnen auf Arabisch zu, sie sollten das Feuer einstellen, es gäbe einen Plan, und dass sie sterben würden, wenn sie weiterschössen. Aber das änderte nichts, es wurde weiter vollkommen anarchisch in alle Richtungen gefeuert. Dann sagte man uns, man erwarte mehrere Panzerfahrzeuge, um die Terroristen festzunehmen. Ihre Ankunft kurz vor Mitternacht erzeugte jedoch Panik unter den Geiselnehmern. Die Maschinengewehrsalven verdoppelten sich und sie waren nun offensichtlich auf die Geiseln gerichtet. Dann wurde eine Granate auf einen der Hubschrauber geworfen, der sofort in Flammen aufging. Es war entsetzlich.

Als alles zu Ende war, rannten wir zu den beiden Hubschraubern. Uns bot sich ein Bild des Grauens: Wir erkannten Gutfreund, Shorr, Slavin, Spitzer und Shapira, die in einem der Hubschrauber erschossen worden waren. Springer, Halfin, Friedman und Berger waren in dem brennenden Hubschrauber gestorben. Keine Geisel hatte überlebt! Wir konnten es nicht fassen: Die Operation war auf der ganzen Linie gescheitert.«

Ohne Bilder oder Ton würde es mir unmöglich sein, diesen Augenzeugenbericht in der Dokumentation zu verwenden, die ich unbedingt drehen wollte. Doch ich wollte die Enthüllungen der beiden israelischen Geheimdienstagenten auch nicht einfach weglassen. Im Pressezentrum gab man mir den Namen und die Zimmernummer des Journalisten von *Jedi'ot Acharonot*, der Cohen und Zamir bei ihrer Rückkehr vom Fliegerhorst Fürstenfeldbruck abgefangen und gemeinsam mit Sam das Gespräch geführt hatte. Auf Dov Tennenbaum lag meine ganze Hoffnung, diesen schrecklichen Bericht untermauern zu können. Als er mir an jenem späten Donnerstagvormittag die Tür zu seinem Apartment öffnete, sah ich sofort, dass er dabei war zu packen. Doch als ich ihm mein Vorhaben darlegte, hatte er keine Einwände und antwortete:

»Ich weiß, wer Sie sind. Sam hat mir von Ihnen erzählt. Wir haben eine Stunde, keine Minute länger. Mein Flugzeug geht am Nachmittag.«

So schnell ich konnte, holte ich Geoffrey aus dem Studio, dann bat ich Dov, so einfach wie möglich für uns zu wiederholen, was er von den beiden Agenten gesagt bekommen hatte. Was für ein Glück: Er sprach nicht nur sehr gut Englisch, es gelang ihm auch, die nächtlichen Ereignisse mit größter Genauigkeit zu schildern. Sein Bericht würde großen Eindruck machen, da war ich mir sicher, vor allem weil trotz der Nüchternheit seiner Ausführungen seine Erschütterung zu spüren war. Allmählich hatte ich wirklich etwas in der Hand, die Dokumentation würde zustande kommen, und ich bedankte mich bei Tennenbaum.

»Ich habe noch etwas für Sie«, erwiderte er und steckte mir einen Zettel zu. »Das ist die Adresse der Mutter von Moshe Weinberg.«

Er erklärte mir, dass sie in der Nähe von München lebe und an der Trauerzeremonie am Mittwochmorgen teilgenommen habe, zusammen mit einem Cousin ihres Sohnes, Carmel Eliash, der als Tourist aus Israel gekommen war, um die Olympischen Spiele zu erleben. Und als die Trauerfeier zu Ende war und sich die Menge zerstreute, erlebte sie den nächsten Schock: Carmel stand nicht mehr auf. Der herbeigerufene Notarzt konnte ihm nicht mehr helfen und musste feststellen, dass der vierzigjährige Mann an einem Herzanfall gestorben war. Moshe Weinberg, der Trainer der Ringkämpfer, war das erste Opfer der Geiselnahme gewesen, ermordet durch eine palästinensische Kugel in den frühen Morgenstunden jenes Dienstags. Kaum dreißig Stunden später wurde sein Cousin ganz still und leise das zwölfte Opfer des Überfalls.

Ich verabschiedete mich von dem israelischen Journalisten – er hatte mir weit mehr geholfen, als ich erhoffen konnte – und versprach ihm, Frau Weinberg zu besuchen und meine Recherchen möglichst weit zu treiben, damit die Dokumentation mit ihren Enthüllungen unangreifbar sein würde. Schockierend, verstörend wenn möglich. Sie sollte Furore machten. Das schuldete ich den Opfern. Das schuldete ich Sam – und mir.

Freitag, 8. September

Die Spiele waren wirklich fortgesetzt worden und die Wettkämpfe füllten das Stadion. Das Internationale Olympische Komitee hatte den deutschen Veranstaltern keine Wahl gelassen. Dank Dov Tennenbaums Hilfe hatte ich mich mit der Mutter von Moshe Weinberg verabredet und es war mir sogar geglückt, die Aussagen einiger Mitglieder des Komitees einzusammeln. Doch es gelang mir nicht, ein Gespräch mit Willi Daume, dem Präsidenten des Deutschen Olympischen Komitees, zu bekommen, von dem es hieß, er habe sich gegen die Fortsetzung ausgesprochen; seine Presseabteilung versteckte sich hinter offiziellen Verlautbarungen. Allerdings konnte man sich sein Unbehagen gut vorstellen. Für einen Mann seiner Generation, ein Mitglied der Basketballmannschaft von 1936, dann ein Jahr später der Nationalsozialistischen Partei, würden die Beziehungen zu Israel nie neutral sein, und der Mord an elf Juden, elf Israelis, auf deutschem Boden war kein x-beliebiges Verbrechen. Elf Sportler, die ihm anvertraut worden waren, elf Leben, die er in seiner Obhut hatte, unter den vielen Tausend Athleten, die nach

München gekommen waren, elf Männer, die die Titelseiten der israelischen Zeitungen wegen ihrer sportlichen Leistungen und nicht aufgrund ihres Todes hätten füllen sollen. Ich hatte fast Mitleid mit ihm, und ohne seine Aussage würde die Verteilung der Verantwortung zwischen ihm und dem Internationalen Olympischen Komitee von Avery Brundage nun im Dunkeln bleiben. Ich musste ganz anders ansetzen.

Meine letzte Spur war vage und erforderte am Telefon hartnäckige Verhandlungen mit einem Mann, von dem ich noch nicht einmal den Vornamen kannte, geschweige denn den Familiennamen. Alles, was ich durch Seppi wusste, beschränkte sich darauf, dass er tatsächlich zu den in Fürstenfeldbruck eingesetzten Polizisten gehört hatte. Es musste ein neutraler Treffpunkt gefunden werden, denn weder das Studio der BBC noch seine eigene Wohnung kamen in Frage. Auf den Kameramann musste ich verzichten und konnte nur mit einem einfachen Aufnahmegerät arbeiten. Ich hatte mir in den Kopf gesetzt, so viel wie möglich über das herauszufinden, was die deutsche und die internationale Presse einstimmig als *Fiasko* bezeichneten, bevor ich das Thema abhakte wie das Olympische Komitee und das deutsche Publikum, das schon am nächsten Tag wieder mit seiner Leichtathletikmannschaft mitfieberte. Die Begeisterung für die sportlichen Wettkämpfe war mir ein für alle Mal abhandengekommen, ich hatte den Eindruck, mit einem Loch in der

Brust herumzulaufen, und Jonathans Ausführungen über die Zeiten des einen oder anderen konnten mich nicht mehr wirklich dafür interessieren, was im Stadion vor sich ging. Ich hatte Harry gebeten, mich ganz auf meine Dokumentation konzentrieren zu können, und dabei in die Waagschale geworfen, dass meine Ortskenntnisse und meine Kenntnis der deutschen Kultur es mir ermöglichen würden, brauchbare Szenen zu drehen, und sei es nur für die große Zusammenfassung im vierzehntägigen Magazin, das ein paar Tage nach Ende der Wettkämpfe gesendet wurde. Denn noch besaß ich trotz Geoffreys gutem Willen nur wenige brauchbare Bilder. In Fürstenfeldbruck hatten wir keine Drehgenehmigung erhalten und durften das umzäunte Flugplatzgelände nicht betreten; die Hubschrauber von Weitem zu zeigen, der eine ausgebrannt, der andere von Kugeln durchlöchert, fügte dem, was Fernsehsender rund um die Welt bereits am Morgen nach dem Drama ausgestrahlt hatten, nichts hinzu. Weder hatte ein offizieller deutscher Vertreter der Olympischen Bewegung sich bereit erklärt, meine Fragen zu beantworten, noch einer der an den Verhandlungen mit den Palästinensern beteiligten Regierungsmitglieder der Bundesrepublik und Bayerns, deren Namen ich dank meiner Kontakte herausgefunden hatte. Und dieses beschämende Schweigen hinderte mich daran, Bilder und Zeugenaussagen zur Illustration meiner Hypothese zu bekommen: Dass es der Hochmut der bayerischen Verantwortlichen war, der zur Katastrophe geführt hatte, ihre Entschlossenheit, sich die Vorgehensweise nicht vom Bund diktieren zu lassen; dass sie auf ihre verfassungsgemäße Zuständigkeit pochten – und dabei vergaßen, dass das Leben von elf Männern auf dem Spiel stand, denen es gleichgültig war, wer ihre Rettungsaktion leitete, ob Bonn oder München. Natürlich hatte ich das Protokoll des Augenzeugenberichts nicht vergessen, das Sam mir am 6. September am frühen Morgen übergeben hatte, und ich hätte ihm gerne gezeigt, wie sehr ich versuchte, seiner Arbeit gerecht zu werden. Die war wirklich einer Dokumentation wert! Aber ich brauchte Gesichter und Aussagen, um meine These zu stützen, und ich bekam sie nicht. Niemand war bereit öffentlich zu erklären, dass die bayerische Regierung in ihrem falschen Stolz untersagt hatte, aus der Bundeshauptstadt Hilfe anzufordern, deren logistische Unterstützung sie so dringend gebraucht hätte: In München gab es keine Polizeieinheit, die für einen derartigen Einsatz ausgebildet war, und die ganze Welt war Zeuge der Lächerlichkeit und der Unerfahrenheit der wenigen Polizisten im Trainingsanzug auf dem Dach des Gebäudes in der Connollystraße gewesen. Mangels richtiger Ausrüstung hatten einige Männer Helme aus dem Zweiten Weltkrieg getragen! Zu ihrem Glück war die ganze Operation in letzter Minute abgebrochen worden, als man endlich begriff, dass auch die Terroristen Fernsehen schauten und von diesem *Überraschungscoup* folglich nicht überrascht worden wären. Je mehr ich über die möglichen Antworten nachdachte, umso empörter war ich. Ich beschloss daher, trotz allem mein Glück bei diesem Polizeibeamten zu suchen, der sich bereit erklärt hatte, im Schutz der Anonymität mit mir zu reden. Er war meine letzte Chance. Ich sollte ihn bei dieser Gelegenheit Ludwig nennen, als ich ihn in Seppis Wohnung in Gegenwart Seppis traf – seine Frau und die beiden Töchter waren nicht da, vielleicht im Stadion –, begann ich das Gespräch damit, mich bei ihm zu bedanken, dass er auf Seppis Vermittlung hin in das Treffen eingewilligt hatte. Er antwortete darauf nicht, vergewisserte sich lediglich, dass ich keinen Fotoapparat bei mir hatte, und begann dann seine Geschichte zu erzählen, ohne dass ich ihm Fragen stellen musste. Er war ein einfacher Polizeibeamter mit guten Beurteilungen und höherem Dienstgrad, doch er hatte keine besondere Ausbildung. Als er am 5. September zum Dienst antrat, hatte ihm sein Vorgesetzter bereits um sieben Uhr früh mitgeteilt, dass er sich zu einem Spezialeinsatz im Polizeihauptquartier im Olympiadorf melden sollte. Dort wurde er einer kleinen Mannschaft von fünfzehn Polizisten zugeteilt, die von Schreiber immer wieder über die gerade in Betracht gezogenen Maßnahmen informiert wurden. Zu Beginn des Nachmittags brachte man ihnen detaillierte Pläne von den Gebäuden wie dem an der Connollystraße, in denen die Athleten untergebracht waren. Es wurde beschlossen, dass sie durch die Luftschächte der Klimaanlage vom Dach hinunterklettern sollten, um die Geiselnehmer in der Wohnung zu überraschen, in der die israelischen Geiseln gefangen gehalten wurden. Sein Bericht endete mit einer lakonischen Feststellung: »Sei's drum, Sie wissen, was dann passiert ist, das muss ich Ihnen nicht erzählen. Wir haben uns vor der ganzen Welt lächerlich gemacht ...«

Unmittelbar nachdem man die Operation mit dem Codenamen *Sonnenschein* abgeblasen hatte, wurde ein anderer Plan entwickelt, führte er weiter aus: Man würde sie zum Fliegerhorst Fürstenfeldbruck bringen, wo für die Geiselnehmer eine Boeing 727 bereitstünde. Oder vielmehr, man wiege sie im Glauben, dass das Flugzeug zum Abflug bereit sei, um sie in ein arabisches Land auszufliegen; in Wirklichkeit konnte man natürlich unmöglich zulassen, dass die israelischen Athleten den deutschen Boden verließen – die israelische Regierung hatte ihr Veto gegen diese Lösung eingelegt. Sobald die Mitglieder des Kommandos an Bord des Flugzeugs waren, sollten als Lufthansa-Besatzung verkleidete Polizisten sie außer Gefecht setzen.

»Es gab nicht einmal genügend Lufthansa-Uniformen für alle Beamten an Bord, auch nicht die richtigen Größen, das müssen Sie sich mal vorstellen! Auch keinen Einsatzplan, keine Walkie-Talkies, nichts. Unsere Dienstwaffen und als einzigen Auftrag der Befehl, die

Kerle auszuschalten. Es war lächerlich und es war gefährlich.«

»Gefährlich für wen?«, fragte ich ihn.

»Für uns natürlich. Man hätte keine Chance gehabt, aus dieser Falle lebend wieder herauszukommen. Jeder hätte den Braten gerochen, erst recht ein zu allem bereiter palästinensischer Terrorist, der das Töten gelernt hatte, da brauchte es keine große Phantasie, um das zu ahnen. Unsere Entscheidung fiel sofort: Besser bleiben lassen.«

»Bleiben lassen? Was genau wollen Sie damit sagen?«

»Wir haben per Handzeichen abgestimmt, und dann sind wir einfach wieder aus dem Flugzeug gestiegen. Anschließend sind die zwei Hubschrauber gelandet, kurz darauf stieg der Chef der Palästinenser in die Maschine, sah, dass sie leer war, und als er gestikulierend und mit Geschrei die Gangway herunterkam, ging die Schießerei los. Sogar in der obersten Etage des Kontrollturms, wohin wir uns geflüchtet hatten, haben sich alle auf den Boden geworfen. Es war ein Feuersturm, so etwas habe ich noch nie erlebt. Die reinste Hölle.«

Er kam mir ehrlich vor und jämmerlich. Ich zögerte, bevor ich ihm die nächste Frage stellte:

»Ist Ihnen denn bewusst, dass es Ihr Rückzug war, der den Plan zum Scheitern brachte?«

Er zuckte mit den Achseln, schien eher verblüfft als bedauernd. Er gab mir noch genauere Informationen über die Anzahl der eingesetzten Polizisten, ihre Ausrüstung, den Ablauf und die Dauer der Schusswechsel, doch ich wusste, das Wesentliche war gesagt: Die israelischen Geiseln hatten keine Chance mehr, ihren Leidensweg zu überleben, weil eine Handvoll deutscher Polizisten den Befehl verweigert und ihren Posten verlassen hatte.

Ich wusste nicht genau, wie ich nach alldem diese Unterhaltung beenden sollte. Ich hatte keinerlei Lust, dem Mann noch einmal zu danken, der nicht Ludwig hieß und der nicht begriffen zu haben schien, welche fatale Rolle er an jenem Dienstagabend gespielt hatte.

Doch wer war ich, um ihm das zu sagen?

Die Recherche war noch nicht abgeschlossen, und auch wenn es mir grotesk erschien, nach dem Interview mit einem deutschen Polizisten zur Familie eines der Opfer zu gehen, wollte ich der Mutter von Moshe Weinberg auf jeden Fall meine Aufwartung machen. Ich schleppte Geoffrey mit zu ihr. Eine alte Dame, die, obwohl ihr Sohn nach Israel emigriert war, nach dem Krieg beschlossen hatte, in Deutschland zu bleiben, damit nicht die Nazis darüber bestimmten, ob Deutschland ihr Land war. Sie trug ihre Trauer mit Würde. Trotzdem ließ sie der Wut freien Lauf, als ich ihr sagte, was der Informant mir gestanden hatte.

»Ist es denn zu fassen, dass man in Deutschland noch einmal Juden ermordet? Vor dreißig Jahren gehorchten die Deutschen, wenn man ihnen auftrug, uns zu töten. Und jetzt gehorchen sie nicht, wenn man ihnen aufträgt, das Leben der unseren zu retten.«

Ich wusste sofort, dass sie gerade die Worte gesprochen hatte, mit denen ich meine Reportage beenden würde.

Nachdem ich ins Pressezentrum im Olympiagelände zurückgekehrt war, suchte ich die Adresse der *Jewish Week* im Verzeichnis der akkreditierten Medien, dann steckte ich die kleine Kassette mit einer Kopie der Aufnahmen in einen Umschlag und schickte sie nach New York.

Sonntag, 10. September

Das Lied war schon einige Jahre alt. Dennoch hatte ich Skeeter Davis nicht vergessen, die junge amerikanische Sängerin mit der zarten Stimme. *The End of the World* war ihr einziger Erfolg in Europa gewesen. Ich war vormittags eine Zeitlang durch die Stadt geirrt – die Hauptverkehrsachsen waren wegen des bevorstehenden Marathons bereits für den Verkehr gesperrt. Im Englischen Garten erinnerte mich eine weitgehend entkleidete Menschenmenge auf den Rasenflächen daran, dass die Hippie-Bewegung nicht vor den Toren der bayerischen Hauptstadt Halt gemacht hatte und dass die jungen Deutschen freizügiger mit ihren Körpern umgingen als meine gleichaltrigen Landsleute. Der Gegensatz zu den anderen Bayern, die in den Biergärten vor ihren Gläsern saßen und von denen viele die traditionelle kurze Lederhose und den grauen Filzhut trugen, war für mich ebenso verblüffend wie andere Merkwürdigkeiten dieses Landes, und zu gewöhnlichen Zeiten hätte ich daraus vielleicht ein Thema gemacht. Doch als ich das Lied aus irgendeinem Café hörte, dachte ich weder ans Nachmittagsprogramm noch an die Deutschen, ich stieß einfach die Türe auf und setzte mich an den ersten freien Tisch. Die Jukebox in der Mitte des Cafés spielte:

Why does the sun go on shining?
Why does the sea rush to shore?
Don't they know it's the end of world.
Cause you don't love me anymore.
Why do the birds go on singing?
Why do the stars glow above?
Don't they know it's the end of the world
It ended when I lost your love.

Ich schämte mich, ich war mir der Lächerlichkeit der Situation bewusst und konnte doch nicht aufhören zu weinen. Ein dreißigjähriger Mann, der zu schluchzen beginnt, wenn er in einem Café ein trauriges Liebeslied hört, das war aus mir geworden.

Ich musste ins Stadion zurückkehren. Das Programm war vielversprechend, im Staffellauf und im Marathon gab es reelle Chancen auf eine britische Medaille, und das deutsche Publikum würde bestimmt seine Mannschaft feiern und seine Athleten anfeuern, ein letztes Mal über sich hinauszuwachsen. Doch dieser letzte Tag der Leichtathletik schien mir jetzt völlig belanglos. Den Sportlern dabei zuzusehen, wie sie rannten, als ginge es um ihr Leben, und die fröhliche Aufregung der Menschenmenge und Sportjournalisten zu erleben, das alles hatte nun einen beinahe ordinären Beigeschmack für mich angenommen: Sam war nicht mehr da.

Beim Start des Marathons nannte mir Jonathan wie üblich die Zeiten des einen oder anderen Läufers und sagte mir, der britische Favorit Ron Hill habe erklärt, er sei beeinträchtigt worden: Seine Trennkost-Diät sei auf einen Lauf am Samstag ausgerichtet gewesen; aufgrund der Unterbrechung der Spiele nach der Geiselnahme war der Lauf jedoch um vierundzwanzig Stunden verschoben worden. Während wir auf die Rückkehr der Läufer ins Stadion warteten, gab ich vor, mich für die Silbermedaille der britischen Mannschaft in der 4-mal-400-Meter-Staffel der Herren und für den überraschenden Sieg der deutschen Sprinterinnen in der 4-mal-100-Meter-Staffel zu begeistern, der von der so sympathischen Heide Rosendahl als Endläuferin geholt wurde, die mir mit ihrer Goldmedaille im Weitsprung bereits Stoff zu einem Beitrag geliefert hatte. Ich war in Gedanken woanders, und Jonathan musste mich schütteln, um meine Aufmerksamkeit auf den Augenblick zu lenken, als der erste Läufer ins Stadion einlief: Ein paar Dutzend Meter vor ihm hatte ein Scherzkeks die Absperrungen überwunden und war unter diesem schweren, weißen Himmel, der den ganzen Vormittag über der Stadt gehangen hatte, auf die Bahn gerannt: Wir benötigten einige Augenblicke, bis wir begriffen, dass natürlich der Amerikaner Frank Shorter die Goldmedaille in 2:12:19 geholt hatte. Jonathan schrie aus vollem Hals, als er das erneute Versagen der deutschen Sicherheitsdienste kommentierte:

»Haben die denn nichts gelernt aus den elf Toten von Dienstag!«

Ich antwortete nicht, denn Shorters Haltung erinnerte mich an Sam und sein Schnauzbart ließ mich an Mark Spitz denken, an das Interview, das uns einander nähergebracht hatte, an das, was danach im Restaurant geschehen war. Jonathan riss mich aus meinen Gedanken.

»Shorter ist 1947 in München geboren, sein Vater war Militärarzt nach dem Krieg. Ist doch unglaublich, dass er hier gewinnt!«, rief er.

Ich antwortete nichts. Für mich würde München weder ein Ort des Triumphs noch ein Geburtsort sein. Ich kündigte Jonathan an, dass ich an der Abschlussfeier am nächsten Tag nicht mehr teilnehmen würde, und bat ihn, mich bei Harry zu entschuldigen. Für mich waren die Spiele beendet.

Dienstag, 12. September

Viviane stand nicht vom Klavierhocker auf, um mich zu begrüßen. Ich erkannte die *Intermezzi* von Brahms. Seit ich ihr die Noten geschenkt hatte, hatte sie es sich in den Kopf gesetzt, sich diese kleinen, sehr freien Stücke von oft unentschiedener Klangfarbe anzueignen. Ich hatte sie ständig üben hören, Tag für Tag, und einmal mehr klappte sie auch jetzt das Piano mit einer Geste zu, mit der sie ihre Unzufriedenheit und ihren Überdruss deutlich machte. Ich stellte meinen Koffer ab.

»Wie soll ich es hinkriegen, die Stücke zu spielen, wenn ich nicht verstehe, was Brahms damit ausdrücken wollte?«, rief sie.

Ich lächelte sie an. Mehr gelang mir nicht, nicht nur, weil ich keine Antwort auf ihre Frage wusste. Ich begrüßte sie noch im Mantel und holte tief Luft. Eine dumme Gewohnheit, den Atem anzuhalten, wenn uns in Wirklichkeit der Mut fehlt. Als ich ankam, brauchte ich nur wenige Sekunden, um zu begreifen, dass ich ihr nichts von dem würde erzählen können, was ich in München erlebt hatte. Weder von der Sendung, die ich dazu gemacht hatte, noch von meinem Stolz oder meinem Elend. Und noch weniger von allem anderen. An dieses Geheimnis würde ich nicht rühren.

Nicht immer oder nicht sofort begreifen wir, was uns widerfährt. Und doch machen wir weiter. Ich lächelte ihr noch einmal zu und dachte, dass ich diese Geschichte bis ans Ende meiner Tage für mich behalten würde.

EPILOG

6. September 1973

Lieber Sam,
dieser Brief wird der letzte sein, das verspreche ich Dir. Ich verspreche es mir übrigens ebenso wie Dir, denn auch wenn Du ihn sicher nicht bis zu Ende lesen wirst, so muss ich diesen Brief doch schreiben, um nichts zu vergessen, vor allem aber, um zu einem Ende zu kommen. Ich habe überprüft, ob Du noch für die *Jewish Week* schreibst, denn das ist die einzige Adresse, unter der ich Dich erreichen kann, bis Du die Redaktion wechselst und endgültig verschwindest, für immer unerreichbar für mich bist. So lange schon hast Du Dich entschieden zu schweigen und hast mich allein gelassen mit meiner Sehnsucht, Dich zu sehen oder von Dir zu hören. Du hast es vorgezogen, mir bei jedem meiner Anrufe durch Deine Telefonistin ausrichten zu lassen, Du seist in einer Besprechung, bis die junge Frau zweifellos mindestens ebenso gereizt wie mitleidig zu mir sagte: »Hören Sie, ich glaube, es wäre besser, Sie würden nicht mehr anrufen.«

Ich weiß nur deshalb, dass Du am Leben bist, weil Du weiter Artikel in der *Jewish Week* veröffentlichst, denn ebenso wenig wie auf meine Anrufe hast Du auf meine Briefe geantwortet. Hast Du sie überhaupt gelesen oder sind sie ungeöffnet im Papierkorb unter Deinem Schreibtisch gelandet? Ich weiß nicht einmal, ob Du die Aufzeichnung meines Gesprächs mit dem deutschen Polizisten erhalten hast. Als ich ihn befragte, habe ich die ganze Zeit an Dich gedacht. Um irgendwie die Erinnerung an das zu wahren, was mich in Deine Arme getrieben hat? Um den Toten, die uns dann trennten, eine letzte Ehre zu erweisen?

Ich kann mir die Gründe für Dein Verhalten nicht erklären. Es ist schwer, das Frage-und-Antwort-Spiel allein zu spielen, ohne den geringsten Hinweis von Dir. Das ist der Grund, weshalb ich Dir diesen letzten Brief schreiben muss. Da Du mir bei Deiner überstürzten Abreise an jenem Mittwoch, den 6. September 1972, keinen Abschied gewährt hast, muss ich jetzt Abschied von Dir nehmen. Auf den Tag genau nach einem Jahr. Ich muss Dich noch einmal mit Worten umschließen, bevor ich Dich loslasse, so gut ich kann.

Aber wie könnte ich so tun, als wären wir uns nie begegnet, wenn sich Dein Gesicht seit einem Jahr täglich tausendfach in meine Gedanken schleicht und mich nachts am Schlafen hindert? Wie soll ich Dich vergessen, wenn mein Körper jeden Morgen mit der Gewissheit erwacht, den leichten Druck Deiner Hand auf meinem Handgelenk zu spüren? Diesen kurzen Augenblick, bevor ich aus der Nacht auftauche und zu mir komme, wenn ich merke, dass alles nur ein Wahn ist, liebe ich als einen Moment des Innehaltens und der Gnade. Auch wenn mich die Erfahrung bitter gelehrt hat, dass die unwirklichsten Dinge die Wirklichkeit, die uns umgibt, ausblenden können. Weißt Du, wie oft ich vor dem Reisebüro in der Baker Street auf und ab gegangen bin, wie oft ich kurz davor war, ein Flugticket nach New York zu kaufen? Der Qual, nicht das geringste Lebenszeichen von Dir zu erhalten, ein Ende zu bereiten ist eine Obsession, mit der ich seit dreihundertfünfundsechzig Tagen lebe.

Ich stoße gegen Dein Schweigen, ich reibe mich wund an dieser Mauer, die Deine Flucht in meinem Leben errichtet hat. Bei alldem wiegt mein verletzter Stolz nicht sehr schwer. Manchmal empört sich allerdings etwas in mir über Deine Grausamkeit – erst stellst Du mein Leben auf den Kopf, dann lässt Du mich allein in dem Chaos zurück, das Du angerichtet hast –, aber es gelingt mir nicht, Dich zu hassen. Auch wenn mir das manchmal am liebsten wäre. Würde es mir vielleicht gelingen, Dich nicht mehr zu lieben, wenn ich Dich grausam, feige, erbärmlich finden könnte?

Ein ganzes Jahr, das allein dem Versuch gewidmet war, Dich zu vergessen, hat mir das Gegenteil bewiesen.

Du hast sicher recht, einen Ozean zwischen Dein Leben und meine Gefühle zu legen. Wir hatten keine

Chance. Für einen Teil von mir ist es übrigens eine Erleichterung, wenn ich hier erkläre, dass wir uns nie mehr wiedersehen. Kein Warten, keine Hoffnung mehr. Ich bin nicht mehr Teil Deines Lebens. Ich muss mich mit dem begnügen, was Du mir in den wenigen Tagen im September geschenkt hast: Du hast mein Vertrauen gewonnen, mich berührt, mich gewiss begehrt. Und das war alles.

Oder nein, nicht ganz, denn Du hast mein Leben verändert. Ich habe diese Reportage für Dich gemacht. Die Aufzeichnungen, die Du mir wie ein Abschiedsgeschenk überlassen hattest, haben mich auf den Weg gebracht, haben mir die Tür geöffnet, ich musste nur noch das fortsetzen, was Du begonnen hattest. Wenn ich heute nicht mehr der kleine Journalist aus der Kulturredaktion bin, sondern ein großer, *beinahe berühmter* Reporter – dann habe ich das Dir zu verdanken. Ich wollte, dass Du das weißt.

Man verliebt sich nicht in einen Mann oder eine Frau, sondern in einen Menschen. Und ob Du es willst oder nicht, aber in der Nacht, in der wir uns so kurz, aber so gewiss, als hätte es geschrieben gestanden, geliebt haben, habe ich einen Teil Deiner Seele mitgenommen. Von nun an wird für mich immer September sein.

Sei glücklich.

Dein Sebastian

Anmerkung des Autors

Ich habe viele schriftliche Quellen sowie Rundfunk- und Fernsehaufzeichnungen verwendet, um die Geschehnisse von München 1972 nachzuvollziehen. Besonders hilfreich dabei war das Buch von Simon Reeve, *One Day in September*, Faber & Faber, London 2000 (auf Deutsch: *Ein Tag im September – Die Geschichte des Geiseldramas bei den Olympischen Sommerspielen in München 1972*, übers. v. Frank Reinhart, Heyne, München 2006).

Danksagung

Mein besonderer Dank gilt Gabriela Adamesteanu, François-Guillaume Lorrain, Gilles Rozier und Joachim Schnerf für ihre Hilfe und Unterstützung.

Cada uno de nosotros es un medio hombre, y cada cual busca su mitad. Siempre que alguno está ávido de su mitad, cualquiera que sea el sexo corre a su encuentro y, atraído con vehemencia, se adhiere con ardiente amor y no soporta separarse de él ni un momento.

MARSILIO FICINO
De amore
Comentario a *El banquete* de Platón

Gustar de las mismas cosas y no desear las mismas cosas: ésta es la verdadera amistad.

CAYO SALUSTIO

Se necesitan nueve meses para que nazca un niño pero basta un segundo para que muera un hombre. Un minuto fue suficiente para cambiar mi vida. El minuto en que sonó el teléfono y la voz lejana de Jean Charles me embarcó en una búsqueda en la que acabaría por perderme.

Jean Charles había sido mi mejor amigo. Eran otros tiempos, y expresiones como «mejor amigo» no sólo tenían sentido, sino que se usaban con frecuencia.

En un minuto de una noche de octubre, mi amigo irrumpió de nuevo en mi vida con el timbre estridente del teléfono.

–Antonio, Antonio... –No reconocí la voz, pero estaba diciendo mi nombre–. Antonio, tienes que ayudarme.

Clic. La comunicación se interrumpió. La voz me era familiar, aunque sobre ella habían caído muchos meses de olvido.

Suena otra vez el teléfono. Ahora sí.

–Antonio, soy Jean Charles... –Y de nuevo el goteo de los clics sobre mi auricular.

Era, siempre había sido, la voz de mi amigo Jean Charles, si la palabra amigo todavía significaba algo para mí.

Empujé con el pie un reseco ejemplar de *El banquete* de Platón y un montón de cómics de Milo Manara, hasta que vi asomarse un cuaderno de tapas rojas en el que solía almacenar mi vida. Allí estaba el teléfono de Jean Charles. Antes me lo sabía de memoria, pero lo olvidé el día que encontré a Ofélie con otro hombre.

Siempre he creído que es posible saber si alguien está o no en casa por el tono del teléfono; aquel sonido metálico anunciaba un desencuentro. No me había llamado desde su casa. Nadie puede hablar con voz desesperada sentado en el confortable diván indio de Jean.

Al tercer intento me respondió una voz aguardentosa: «Jean Charles ya no vive aquí».

Pero me había llamado desde algún lugar desconocido y con una voz extrañamente angustiada. Jean Charles era sin duda un tipo raro, pero algo terrible tenía que haberle ocurrido para que pidiera ayuda, sobre todo a mí.

Era yo quien siempre le pedía ayuda; yo, el

equilibrado, el empollón, el músico español que había ganado una beca para estudiar en París, una beca que daba tan poco de sí como mis conocimientos de francés. En aquella época, recién llegado a Francia, todo me asombraba, incluso el metro. En mi pequeña ciudad del noroeste teníamos borrascas y meigas, pero antes de llegar aquí yo nunca había montado en ese gusano que devora el corazón de las ciudades.

Cuando regresase de París, me parecería que en mi tierra todos éramos primos, vestidos casi igual, con rostros casi iguales. En la gran ciudad, el metro estaba poblado de caras negras, aceitunadas, marrones, amarillas, llenas de cicatrices o pintadas de payaso. En aquellas galerías, que podían ser tanto el infierno como el paraíso de Dante, había árabes, chinos, sudamericanos, mendigos, damas con grandes sombreros, locos, arpistas, mimos y almas cándidas. Era invierno y, además, el metropolitano era el lugar adonde huir de la pequeña *chambre de bonne* sin calefacción y ganar unas monedillas tocando mi violín entre la gente.

Así conocí a Jean Charles. Por las noches bajaba hasta el metro agitando su melena roja como la bandera de una revolución imposible. Paseaba entre los mendigos que al cierre de la estación subían a las aceras en busca de una salida de aire caliente sobre la que pasar la noche. Sus ojos negros devoraban otros ojos menos afiebrados que los suyos, hasta que reconocía algo en la mirada de uno de los sin techo y lo invitaba a dormir a su casa. No era un albergue, sino la casa de un colega, y los tipos se iban felices. Aunque Jean Charles también era temido por la ira con la que se desembarazaba de los que querían «incrustarse». «Una o dos semanas y luego, amigo, tienes que volar.»

Yo me iba a quedar más de un año en su casa, pero aquella noche aún no lo sabía. Era a principios de noviembre, cuando el frío de París comienza a hacerse insoportable, y la niebla del Sena atenaza los corazones.

–Eh, tú, el del violín, ¿no entiendes lo que te digo? ¿Eres árabe?

Mi escaso francés, mis rizos negros y mi chilaba de hippy que nació demasiado tarde explicaban su confusión.

Aunque tenía un lugar donde dormir, la curiosidad fue más fuerte que el miedo y seguí al hombretón pelirrojo hasta su casa, en el corazón de Belleville.

La casa de Jean Charles tenía calefacción y era más confortable de lo que uno hubiera esperado. Pocos muebles, recogidos en la calle y extrañamente hermosos. Mapas por las paredes y cientos de libros apilados debajo de la cama, encima de la nevera, en el retrete, sujetando la bola del mundo, sirviéndonos de mesa a veces y de silla otras.

Aquella noche de noviembre no dormimos. Bebimos té de manzana hasta el amanecer y escuchamos música hindú mientras Jean me contaba su vida. Durante largos ratos permanecíamos en silencio mirándonos hasta descubrir que era posible hablar sin palabras. Sólo cuando un sol milagroso rompió los brazos de la niebla me señaló Jean un colchón, donde dormí sin soñar hasta el atardecer.

Jean Charles hablaba castellano y estaba asombrado de mis ojos verdes de bretón, porque había estado en Sudamérica, pero no sospechaba que también hubiera celtas en España. Cuando lo supo no comprendió; quiso que yo tocase la gaita en vez del violín.

Jean me enseñó a hablar francés y yo a él a leer música. Nunca supe por qué no me echó como a los otros al cabo de dos semanas, mucho menos por qué recogí mis cosas de mi habitación pobre, pero instalada en las certezas de la burguesía, para mudarme a la casa del loco pelirrojo.

Nuestra amistad fue perfecta hasta que apareció Ofélie. Para entonces, yo había encontrado un pequeño trabajo en un restaurante, seguía estudiando en el conservatorio, hablaba perfectamente francés y creía que París era el centro del mundo. Llevaba un año viviendo con Jean Charles y me había convertido en el soporte práctico de la casa. Gracias a mí, siempre había algo en la nevera, comíamos al menos una vez al día y nuestra ropa estaba limpia y planchada. En casa de mi madre yo había encarnado el caos, el contraste con Jean me convirtió en un tipo perfectamente ordenado.

Jean cobraba el paro. Aunque pareciese mentira, era informático. También era poeta –esto resultaba más coherente–, leía a Rimbaud, escribía como él y componía desgarradas canciones que cantaba con voz triste mientras yo lo acompañaba con la guitarra. Venía del sur, «casi de España», como él decía. Era de Albi, la ciudad donde está enterrado Toulouse-Lautrec, y tenía mucho del espíritu de los cátaros, que se habían dejado quemar antes que rendirse a los señores del norte.

Su padre era un campesino que se emborrachaba, se iba de putas a Toulouse y se había casado con la maestra del pueblo. Lo odiaba tanto como amaba a su madre. Eran siete hermanos, y los otros niños de la escuela, procedentes de familias de tamaño más francés, se burlaban cruelmente de ellos.

–Sois como los árabes.

Pero eran franceses de pura raza, como repetía su padre.

–Los males de este país son culpa de los árabes.

A los siete años Jean no había visto ningún árabe. Para él, los males del mundo eran culpa de su padre.

Jean había sido el único de los siete hermanos que quiso estudiar, el único pelirrojo como la madre. Iba a entrar en la universidad cuando ella empezó a quejarse de dolores en el pecho. En el primer trimestre regresó a casa para cuidarla. No se fiaba del padre ni de sus hermanos. Ella había heredado algunas tierras y guardaba secretamente un dinero en el banco para los estudios de Jean. El último mes de su enfermedad, cuando ya casi no podía hablar, hizo que su hijo le trajese al abogado. Quería que aquel dinero fuera para él, para que llegara a donde no había llegado ella.

A su muerte, el padre, con el apoyo de los otros hermanos, que no recibían nada, logró invalidar el testamento con la excusa de que la madre había perdido las facultades mentales a causa de la horrible agonía.

Después del entierro, Jean no volvió a la universidad. Tampoco volvería a su casa. Y hasta que me conoció, no había vuelto a confiar en nadie.

Pero yo le fallé. Le fallé por culpa de Ofélie.

Las casas de París tienen un código secreto para entrar; es la versión francesa de nuestro portero automático. En nuestro país, llamas, oyes la voz y tu amigo te abre. Puede que incluso te vea por una cámara de televisión que los gamberros acaban quemando. Si no hay nadie, no hace falta que subas la escalera. De esta forma nos privamos de una interesante fuente de ejercicio físico gratuito, como el que supone ir a ver a alguien que no sabes si estará. En Francia, *il faut connaître le code*, porque en ningún sitio aparece el número del piso ni el nombre del inquilino, sino que las viviendas son cajas fuertes que sólo pueden abrir los iniciados al conjuro de unas cifras mágicas. Sin embargo, es el menos secreto de los códigos, porque ante tantos visitantes que no saben cómo visitar, basta con ir a la panadería o a la frutería más próxima para que te den el número del abracadabra.

En la calle de Jean Charles, una hilera de edificios inexpugnables, no había panadería ni frutería. Tuve que esperar una hora apoyado en mi viejo escarabajo verde hasta que alguien entró en el caserón, donde el teléfono de mi amigo sonaba ahora en una habitación vacía. La voz que unos días atrás me informó de que ya no vivía allí no contestaba más a mis llamadas.

No podía creer que Jean se hubiera mudado; aquella casa, por cuatro duros en un barrio elegante, era el chollo de su vida. Pertenecía a un antiguo jefe suyo que había hecho una quiebra fraudulenta e, incapaz de pagar las indemnizaciones al personal, fue condenado por un juez loco y justo a concederle el disfrute gratuito de por vida.

Las casas de París, para compensar su incómoda cualidad de fortaleza, ofrecen al otro lado del gran portón unos patios deliciosos, enormes y rodeados de simétricas ventanas veladas, que nada tienen que ver con nuestros patios de luces, cuyo fin principal parece ser que haya pisos sin luz alguna.

Nunca había estado en aquella casa, aunque conocía bien la historia de cómo Jean se hizo con ella. La mudanza se produjo dos meses después de que yo me hubiera ido a vivir con Ofélie en los tiempos en que para no incomodarla a ella nos veíamos únicamente en territorio neutral: ni en su casa ni en la mía.

Por eso hoy buscaba su nombre en los desvencijados buzones, para intentar adivinar en qué piso vivía, pero no, ni rastro de él. En la caseta de la portera, un cartel indicaba *absente*. Sólo se me ocurrió sentarme en los escalones de piedra a esperar que algún otro inquilino me pudiera dar razón de mi amigo.

Al diablo con Jean Charles, había pensado el día anterior, cuando el teléfono sonó de aquella manera. Al infierno con Jean Charles, pensé también la última vez que le vi.

–Se acuesta con otro, pero eso no es lo peor; lo peor es que no te quiere –me había dicho Jean Charles aquella última noche, sentados en el destartalado restaurante vietnamita al que íbamos las raras veces en que no teníamos humor para cocinar pero sí algo de dinero. Hablábamos de Ofélie, como siempre. Yo sabía que ella y Jean Charles no podían ni verse.

–Estás celoso, eso es lo que pasa, que estás celoso. Vete al diablo –dije, pero pensé vete a la mierda. Yo no digo tacos, sólo los pienso.

Y ahora Jean Charles había decidido complacerme y se había ido al diablo o a la mierda, no sé a cuál de los dos sitios, pero algo le había pasado y me sentía culpable. Y esa culpa era lo primero que sentía en muchos meses, lo primero fuera de mí mismo y de mi egocéntrica angustia.

Después de la última cena en el restaurante vietnamita no volví a hablar con Jean Charles y procuré no pensar más en él. Cuando encontré a Ofélie desnuda en aquel cuarto lleno de jadeos, me encerré en mi casa, cerré las contraventanas para que la luz se muriera y me dediqué a disfrutar egoístamente de la profundidad de mi dolor. Alguna vez cogí el violín e intenté componer, pero acabé escondiéndolo debajo de la cama para que no me avergonzara. No se me ocurrió llamar a Jean Charles y decirle que tenía razón, que había otro. Y ahora quizás era demasiado tarde.

También hoy había llegado tarde y estaba cansado de esperar. Me detuve en el centro del patio, mirando hacia las persianas e intentando adivinar cuál sería la suya. Tendría quizás un brillo especial, algo insólito colgado como una bandera, unos geranios incongruentes... Una señal, tenía que haber una señal, pero las ventanas clónicas me miraban con la misma indiferente elegancia, simétricas y uniformes igual que los gendarmes de París.

Me puse a gritar con las piernas separadas, como un cantante de ópera.

–¡Jean Charles, Jean Charles, Jean!

Las ventanas seguían mirándome con la misma flema.

–¡Jean Charles! –grité más alto, consiguiendo que algunas persianas me guiñasen los ojos, agitadas por una mano invisible y curiosa–. ¡Jean Charles! –bramé por última vez.

Las ventanas arquearon los visillos con desprecio.

Como un actor en un antiguo escenario de corrala, yo seguía gritando para un público insensible, quizás dormido, quizás inexistente.

Por fin, en el tercer piso parpadearon los balcones y dos ventanales se abrieron con asombro. Una señora gruesa, vestida con un chándal amarillo y con un caniche en brazos, me miraba como si fuese un demente.

–*Qui vous cherchez?*

Parecía claro que la buena señora era sorda, puesto que yo llevaba diez minutos gritando un mismo nombre.

–A Jean Charles –le dije.

La dama se abrazó a su caniche y cerró las contraventanas con determinación.

–*Vous êtes fou comme votre ami* –me dijo parapetándose tras ellas.

¿Loco yo? En un extremo del patio quedaban

los restos del brocal de un pozo. Me sentía un poco mareado y me apoyé en él.

El ruido seco de una puerta al cerrarse me hizo volverme, sobresaltado. Una minúscula vieja de pelo rizado, en bata rosa y zapatillas de franela fucsia, se dirigía hacia mí.

–*Mon fils* –dijo colgándose de mi brazo–, se lo han llevado, se lo han llevado...

Entonces vi que se abría una de las pesadas puertas del *rez-de-chaussé*. Una mujer elegante y autoritaria, con el pelo teñido de rubio, avanzó hacia la viejecilla y la atrapó por la bata con manos que más parecían garras. A mí sólo me dedicó una mirada de desprecio.

–Mamá, no molestes al señor.

–Tiene usted que salvarle –me susurró la vieja, aferrándose a mí con desesperación mientras la arrastraban hacia las profundidades de la puerta, que volvió a cerrarse tras ella.

Vivimos mirando sombras al fondo de la caverna, mientras la realidad pasa a nuestras espaldas. Pantallas, siempre pantallas. Sentados delante de la pantalla del televisor, de la pantalla del ordenador, de la pantalla del cine; conectados a amores invisibles, enganchados a sombras, incapaces de darnos la vuelta, porque la luz ahí fuera nos cegaría.

Cuántas veces me había torturado Jean Charles con estas ideas, sin sospechar que yo acabaría comprendiéndolas la oscura mañana de octubre en que comencé a buscarlo en las pantallas azules de las recepciones de los hospitales, de los depósitos de cadáveres y de los cementerios. Sonreí a innumerables mujeres de ojos cansados, que abrían para mí una y otra vez los universos de cristal líquido en los que trabajara Jean.

Me hubiera gustado que éstos fueran todavía

tiempos de papel en los que los ojos buscaran al amigo en listas escritas con tinta violeta. Pero ahora, en una misma pantalla se esconden todos los misterios, y por muchos pases mágicos que mis encantos del sur lograron arrancar de las manos huesudas y rutinarias, ahí tampoco estaba Jean.

Fuera de las horas de visita, me colé en los pabellones de los enfermos graves, pensando que quizás estuviera allí, sin nombre y sin pasado. Recorrí los enterramientos de caridad de los cementerios y encontré muchos muertos sin apellido, cualquiera de los cuales podría ser Jean. Pero estaba seguro de que no lo era. Él me había llamado. Los muertos no llaman por teléfono.

Me sentí tan desesperado, que hice lo último que debía hacer: acudir a Ofélie. Ella tenía razón. No podía sobrevivir sin ella. Era como mi madre.

«Derrotas a la vida o la vida te derrota a ti. Es muy simple», me había dicho Ofélie el día en que la conocí.

Fue en Les Magasins de Printemps. Uno de esos días de París en los que la niebla sube del Sena y parece imposible que los aviones que vuelan por encima de las nubes vean el sol. Ella salía de un fotomatón y yo entraba. Lo primero que vi fueron sus piernas, piernas largas e irresistibles de mujer acostumbrada a despreciar a los hombres. Me dejé golpear por los flashes y, al salir, ella estaba allí, esperando para recoger sus fotos.

Hizo un gesto de fastidio y señaló el cartel que decía «cinco minutos». Yo pensé que nunca había visto unas piernas tan concretas como aquéllas y que no las volvería a ver. Eran mis cinco minutos. Tenía que entablar conversación antes de que cogiera sus fotos y se fuera.

–Te cambio una foto por un beso.

Mi acento la hizo reír y, cuando salí tras ella dejando mis húmedas fotos abandonadas en una corriente de aire, casi me rompo la crisma en la puerta giratoria de los grandes almacenes. Eso la hizo reír aún más.

–No puedo resistirme, *vous êtes trop rigolo.*

Era el cumplido más insultante que me habían hecho jamás: yo era demasiado cómico para la bruma de París. La invité a tomar café, a pesar de que sabía que costaba veinticinco francos y que sólo llevaba treinta. Dije que tenía un problema en el estómago y que no podía tomar nada.

–Entonces pide un Perrier –dijo con voz fatídica. Y luego aquello de que derrotas a la vida o la vida te derrota a ti.

Ofélie pagó las bebidas. Yo me había quedado sin habla y fue ella quien me pidió el número de teléfono. Como no tenía, anotó mi dirección. Me quedé estupefacto mirando sus largas piernas, que se alejaban rompiendo los jirones de niebla que subían del Sena. Por un momento imaginé que era asistente social, pero tres días después llamó a mi puerta con dos croissants. Era domingo. Nunca he comido croissants como aquéllos.

Llamar a Ofélie para que me ayudase a buscar a Jean Charles era algo tan absurdo que sólo a mí se me podría haber ocurrido. Ofélie me había traicionado, yo había traicionado a Jean. Algo nos unía, al fin y al cabo.

Quizás lo único que yo necesitaba era una excusa para perdonarla. Los griegos creían que la amistad es más sublime que el amor, porque sólo se daba entre hombres, mientras que el amor también podía acontecer con las mujeres, esos seres inferiores destinados a parir. El amor era algo utilitario para perpetuar la especie y la amistad un lujo que nos hacía semejantes a los dioses.

Jean Charles admiraba a los griegos; para él la amistad también estaba por encima del amor. Yo nunca lo había visto enamorado, aunque sé que alguna vez lo estuvo. Lo vi tanto con hombres como con mujeres, en aventuras apasionadas que no duraban mucho. Siempre era él quien terminaba cuando la otra persona empezaba a hacerse ilusiones, a desarrollar, como solía decir, el «instinto de propiedad». Sin embargo, si alguna vez conocí a alguien capaz de amar de verdad y de darlo todo en una relación, ése fue Jean Charles. Nadie deseaba más que él enamorarse, pero creo que tenía miedo de su propia fuerza.

Recuerdo a una holandesa pelirroja que un domingo de marzo llegó a París con su mochila y se quedó toda la primavera con nosotros. Por aquel entonces hacía casi un año que Jean Charles y yo vivíamos juntos. La holandesa nos hacía café por la mañana y solía confundir el azúcar y la sal. El café con sal es bueno después de las borracheras, pero yo ya no bebía en aquella época. Me pasaba la noche despierto, tratando de componer la música que oyen nuestras montañas. En mi país no abundan los grandes compositores de música clásica, aunque sí los genios populares. Es una tierra de pintores y novelistas. De filósofos no; para eso llueve demasiado poco. Y donde llueve, la lluvia nos hace poetas. El filósofo trata de entender a Dios. Al poeta sólo le interesa engatusarlo.

La pelirroja se llamaba Kerstin. Se reía de mis

ocurrencias y de mi música, pero cada noche bebía un poco más y tomaba polvos blancos hasta el amanecer. Jean Charles la echó, aunque creo que la amaba un poco. O tal vez por eso.

–¿Por qué bebes, Kerstin? –le pregunté.

–Porque no puede quererme –me contestó. No dijo porque no me quiere, sino porque no puede quererme.

La holandesa se marchó con su mochila un domingo del fin de la primavera y nunca más supimos de ella.

Luego hubo un bailarín de jazz del Marais, moreno y de rostro infantil, que siempre miraba a Jean como un perrito al amo que acaba de pegarle. Hubo mulatos, vendedores del metro, camareras, niñas bien, yupies decadentes...

Pero ninguno duró más de tres meses.

Ellos pasaban y yo me quedaba. Casi todos tenían celos de mí y yo tenía celos de algunos, pero sabía que nadie estaba más cerca de Jean Charles que yo y que nadie estaría más cerca de mí, a pesar de que no éramos amantes; o precisamente por eso.

Ofélie se burlaba de los griegos. Ésa era la discusión preferida entre Jean Charles y ella los domingos de nuestra primera época en que estábamos los tres en casa, yo intentando tocar el violín, Jean escribiendo algo en una hoja suelta que como siempre acabaría en la papelera y Ofélie revoloteando entre los dos hasta conseguir ser el único centro de atención. Afuera casi siempre llovía, pero dentro ella era el sol, la no-musa porque conseguía que yo dejara de tocar y que Jean Charles dejara de escribir. Al cabo de un rato Jean Charles nos dejaba solos y se iba a dar interminables paseos de los que volvía a menudo empapado y riéndose, trayendo consigo las cosas más inverosímiles que hubiese encontrado en las aceras. A veces Jean Charles traía también croissants que devorábamos encima de la cama sin preocuparnos por las migas que se escurrían por el escote de Ofélie y que yo intentaba arrancarle jugando. Entonces Ofélie para hacer rabiar a Jean Charles se metía con los griegos. Según ella, creían ser los dueños de la sabiduría y sólo eran los apóstoles de la pederastia. Aprovechaba para meterse con la forma tan especial que tenía Jean Charles de mirarme y lo comparaba con los viejos filósofos, que perseguían a los efebos con blablablás sobre la amistad y otros trucos para conseguir sus lindos culitos, mientras sus mujeres no perdían el tiempo con las criadas.

Para Ofélie, la amistad no existía y el amor era una especie de sexo para siempre.

–Quieres follar conmigo, eso es todo lo que te ata a mí.

Cuando yo le decía que me gustaba escucharla, que quería oler su piel, ella contestaba:

–Porque quieres follarme.

Estábamos en la cama. Era el mediodía de uno de aquellos primeros domingos en que Jean Charles había salido a pasear para dejarnos solos. Por vez primera en mucho tiempo no llovía y la luz entraba por las claraboyas de la buhardilla y aureolaba los pelos de su coño. Ahora estaba desnuda; hace unos momentos había estado tendida con una faldita sobre la cama. Leía a Camus, «el escritor más guapo del mundo». Yo cocinaba espaguetis. Me acerqué por detrás y le levanté los veinte centímetros de tela para lamerle el agujerito sagrado. Ella no soltaba el libro. Le di la vuelta y la fui desnudando con la boca como si fuera un perrito. Seguía sin soltar el libro.

–Quiero correrme leyendo al mejor escritor francés –me dijo.

La penetré apretándola contra el cabecero de la cama. Rodamos entre las sábanas y entonces sí soltó el libro.

–Me besas como si me quisieras –me dijo cuando se terminó.

–Te quiero –le dije.

Hacer el amor con alguien por primera vez es como tirarse a una piscina en la que no se sabe si hay agua o ácido; la de Ofélie era de hidromiel.

Hasta la cama llegaba el olor de los espaguetis quemados. Yo le decía que, si todo lo que nos unía era mi deseo de follarla, nos quedaba poco tiempo.

–No, porque cuando ya no quieras follar mi cuerpo, querrás follar mi inteligencia y, cuando te canses de ella, querrás follar mi insaciable sentido del humor. Siempre se me ocurrirá algo para que me folles toda la vida. O al menos mientras yo quiera.

Ofélie creía en el amor, Jean Charles en la amistad y yo, que aseguraba creer en las dos cosas, traicioné al amigo y perverti el amor.

Por amor a Francia soporto a los franceses; tienen el país más hermoso del mundo. Pero París no pertenece a Francia, le pertenece a la humanidad entera. Sudacas, alemanes, españoles, italianos... César Vallejo y el último *clochard* le han regalado su alma a París. Y para mí, el alma de París se encuentra en la gloriosa calle de los judíos, cerca de los monumentos a los pobres niños que los colaboracionistas se llevaron a lugares de nombre impronunciable. Estaba sentado en un café de esa calle. Habíamos consumido la mitad de octubre. Las últimas defensas del verano se batían en retirada y el frío campaba ya por sus respetos, pero yo seguía sin saber nada de Jean Charles. No había motivos para pensar que aquella cita con Ofélie fuera a solucionar algo. Pero llevaba una hora esperándola. No me importaba esperar, me desesperaba no saber si vendría. Volví a mirar el gran candelabro cerca de la ventana. Repasé el menú, que me recordaba la cocina árabe-libanesa; los enemigos están unidos por los gustos culinarios: árabes y judíos aman los mismos manjares y se odian los unos a los otros, como hermanos verdaderos.

La camarera era una rubia impertinente, empeñada en darme la razón que no quiero tener sobre los parisinos. Cada diez minutos observaba el interior de mi taza para ver si ya me había terminado el brebaje que ella llamaba café, y, en caso necesario, obligarme con una mirada a apurarlo de un trago. Luego venía con el pedacito de papel blanco y me conminaba a pedir otra bebida después de haberme cobrado el precio de mi acento.

Ahora tenía tres papelitos blancos sobre la mesa y estaba a punto de ganarme el cuarto. Jugué con ellos a construir una paloma, pero no había suficiente papel y acabaron arrugados en el cenicero.

Ofélie se retrasaba. En realidad no podía creerme que el día anterior hubiese vuelto a oír su voz en el teléfono, que me hubiera dado esta cita, que en aquel momento se estuviese dirigiendo hacia allí con sus largas piernas cruzadas en la impaciencia de algún taxi. Ofélie siempre se retrasa. Yo sabía que no lo hacía por maldad. Ella nunca tuvo sentido del tiempo. Sus minutos no son como los de los demás. Los minutos de los demás siempre duran lo mismo. Los suyos no. Para eso se inventó el reloj, para unificar el tiempo de los unos y de los otros, el de Ofélie y el mío. Aunque el tiempo es una invención del reloj y el reloj una herramienta de los monjes medievales, que lo utilizaron para diluir al individuo en la comunidad: monjes y soldados vestidos igual hacen lo mismo al mismo tiempo, un tiempo igual que no es de las alegrías y las penas de cada uno, sino el tiempo inmutable del reloj.

Ella siempre llegaba tarde y luego le costaba irse. Como si los minutos le pesasen más que a los otros.

La maldición del que espera y se levanta para irse es la fatal certeza de que, en cuanto se aleje del café, la persona amada aparecerá. Y uno comienza a hacerse trampas a sí mismo: esperaré quince minutos más, diez, sólo cinco minutos más...

Para el que llega, quince minutos no son nada, apenas una sucesión de gotitas de sudor entre un metro, un taxi y la procesión de relojes de París, que te miran desde tantos edificios mientras el taxista se va impacientando. Para el que espera, quince minutos son quince años. Te miras las uñas, resistes el impulso de comértelas, sigues el recorrido de los visillos de cretona en la ventana, le miras los zapatos a la camarera, intentas adivinar cómo tendrá los pies, cómo será su vida sobre esos pies, revuelves el café y tu imagen en la cuchara se ríe de ti, se deforma hasta que ves la cara de Jean Charles subido a una mesa de la Facultad de Filosofía en la época que le dio por dar charlas en todas las universidades, intentando sin éxito hacerle el boca a boca al espíritu del 68.

Yo iba a escucharle cada vez hasta que logré convencerle de la inutilidad de nuestros esfuerzos. Una semana antes de sus «discursos», llenaba las facultades con los carteles que habíamos elaborado artesanalmente en casa. Antes de que acabase de hablar, los recogía y los enrollaba para que sirviesen en otra ocasión. Casi nunca había nadie cuando llegábamos, pero Jean se subía a una mesa y se ponía a hablar y al cabo de un rato lograba reunir a un público, si no numeroso, al menos entregado, que escuchaba sus palabras:

–Esto es Francia, éste es el país donde mejor se vive del mundo. ¿Sabíais que tenemos más centrales nucleares que nadie? Entre otras cosas, porque los otros países europeos no saben qué hacer con los residuos. Nosotros, en cambio, somos geniales y les regalamos toda esa mierda a los africanos. ¡Y lo llamamos ayuda humanitaria! Pero lo que no sabéis es que, cada vez que se repara, se revisa o se cambia el reactor, un grupo de trabajadores de contrata tiene que entrar en la central y exponerse todos los días a un nivel de radiactividad mayor del que puede tolerar un ser humano en toda su vida. La mayoría de los operarios, ¡que no son magrebíes, sino franceses, como nosotros, y altamente cualificados!, hacen trampa al dosímetro y reciben dos y tres veces la dosis máxima, con tal de cumplir su contrata y poder llevar dinero a casa. No les importa arriesgar sus vidas. ¡Imaginaos! ¡Prefieren la muerte al paro!

Jean lanzaba puñetazos a un enemigo invisible, mientras los curiosos tiraban sus cigarrillos al suelo y los pisoteaban con asco.

–En el mundo mueren cada año el doble de personas por suicidio que en la guerra. La tristeza mata más que las pistolas. Y, sin embargo, seguimos tratando a la tristeza con desprecio, como si fuera algo que la gente puede elegir. Se gastan millones en acabar con el consumo de cigarrillos, pero nadie hace nada por acabar con la antipatía. ¡Pido subvenciones para la sonrisa! –terminaba Jean Charles.

Y se quedaba mirando los ojos de los que lo

escuchaban, como si fueran nubes lejanas, como las nubes de octubre que yo veía a través del cristal del bar, avanzando sobre París como si fuera suyo. Comenzó a llover. Moriré en París con aguacero, un día del que ya tengo el recuerdo.

Pero aún no era César Vallejo, sino un pobre español que oía cómo sonaban de nuevo las campanas de las iglesias al otro lado de la rue des Rosiers, diciéndole una vez más a un desgraciado: ella no vendrá.

Ella no vino. Estaba lloviendo cuando pasé junto al Sena, cuyas aguas marrones me miraron con indiferencia. Ese día bajaba rápido, fétido y sucio, como si ya no quisiera ser el río de París.

Habían pasado dos semanas desde que recibí la llamada de Jean Charles y seguía sin saber nada sobre él.

Llegué a mi casa completamente empapado. Los primeros escalofríos me acariciaban como la fiebre que había recogido en las calles. Me lo había ganado a pulso.

Los pisos vacíos te reciben con una oscuridad que les es propia. Al fondo del mío había una lucecita, un faro. Mi contestador parpadeaba como la sirena de una ambulancia.

–Soy Ofélie. He encontrado a Jean Charles.

Antes de abrir los ojos, tiendo la mano como un puente hacia las cosas concretas que suelen estar ahí, que tienen que estar ahí para que yo siga siendo yo y esta casa, mi casa. Pero esa mañana los dedos me devolvieron un montón de preguntas, porque las cosas no estaban todo lo ahí que deberían.

Palpé algo grande a mi lado. Un saco de tela áspero por fuera y suave por dentro. Olía muy bien. Debía de estar soñando. En los sueños no hay peligro al abrir los ojos, es en la vida en la que con cada despertar temes descubrir algo terrible que habías olvidado.

Abrí los ojos y me encontré una mata de pelo rubio que avanzaba hacia mi nariz. No era un sueño: Ofélie, la mujer que juró que nunca volvería a verme, yacía ahora tendida al lado del hombre que prometió no volver a tocarla. Como acostumbraba, me había robado toda la sábana y se había envuelto en ella como para protegerse de mí. Por eso me desperté, desnudo y tiritando, aferrado a ese fardo de tela con milagro dentro que era ella, mi almohada gigantesca, mi peluche mágico.

El amor me volvía tonto. Había encontrado a Jean Charles, pero lo que realmente me hacía feliz era haberla encontrado a ella. La noche anterior había creído poder rescatarlo a él y acabé rescatado yo mismo por los brazos de Ofélie: ese día, por vez primera desde su llamada de auxilio, me despertaba sin pensar en mi amigo. Era un miserable egoísta. Jean no me abandonó, ella sí. Yo abandoné a Jean, ella a mí.

–Cualquiera que no fuera tú sabría que era el primer sitio donde buscarle.

Los dos principales sanatorios psiquiátricos de París están fuera de la ciudad. Como si París tuviera bastante con su propia locura. En uno de ellos, el más lejano, Jean Charles Baudron estaba internado por orden del Prefecto de Policía.

Todos los enfermos mentales caminan de la misma manera, con pasos lentos, como si llevaran una carga invisible. Hacen los mismos gestos y muchas veces he pensado que son ciudadanos de un mismo país sin fronteras. Sin embargo, no hay nada esotérico en esa hermandad. La leche que los hermana es la medicación, esas drogas que los obligan a tomar y que Jean trataba de escupir en las papeleras, los psicotrópicos que demuestran que el alma es una sustancia química, que se puede castrar químicamente el cuerpo, que se puede castrar el alma.

Cuando consiguiese hablar, Jean me contaría que a una de sus amigas, una joven esquizofrénica de dieciséis años, la obligaban a tomar una medicación tan fuerte que le impedía sonreír. No podía contraer los músculos de la cara. Permanecía inexpresiva y te decía: «Ahora estoy muy contenta de verte, en mi cabeza te estoy sonriendo». Para merecer ese castigo, había oído «voces». Juana de Arco oía «voces» y la quemaron por eso. También la hicieron santa por eso. Desde que sabía dónde estaba Jean, me encontraba a mí mismo cada vez más a menudo haciéndome el tipo de reflexiones que él se hubiera hecho.

Qué habría pensado Jean cuando los bomberos habían derribado la puerta de su piso a las dos de una madrugada neblinosa de principios de octubre y, antes de que pudiera decir nada, le habían puesto una camisa de fuerza y la droga suficiente para dormir a un cocainómano sobreexcitado. No me lo había dicho pero supongo que no le dio tiempo de pensar. De los días posteriores no recordaba nada.

Cuando pudo levantarse, veía las cosas borrosas, como a través de una hoguera.

Sólo le permitían una llamada telefónica a la semana, vigilado por un enfermero. Apenas podía hablar. Su boca era como un desierto de sal y la voz le salía como un aire agrietado que yo no reconocía. Me pedía libros que me obligaban a mandarle en paquetes sellados, como si el mundo exterior pudiese contaminarlo. Quizás la cordura era una enfermedad contagiosa. Luego, no era capaz de leerlos, porque las medicinas le convertían las letras en patitas temblonas de escarabajo.

Hacía tiempo que el dueño del piso quería echarlo. La portera se había puesto de su parte, quizás después de unas convincentes razones de cincuenta francos cada una. Lo denunciaron por loco y el Prefecto de Policía decretó su ingreso en un hospital psiquiátrico. A partir de ahí, estaba indefenso. ¿Cómo probar que uno no está loco? Jean hablaba del mito de la caverna y a los psiquiatras les parecían habladurías de loco.

–Eso es lo que todos dicen, que ha habido una conspiración contra ellos –me decía Ofélie por teléfono–. Todos los que están encerrados pretenden que no debían estar ahí, es la neura de la conspiración.

Ofélie estaba segura de que Jean estaba loco, de que siempre lo había estado. Ella siempre lo había sabido. Por eso fue el primer sitio en el que se le ocurrió buscarlo, el último donde yo lo hubiese imaginado.

Y por eso también aquella noche, cuando oí

el mensaje de Ofélie, había corrido a su apartamento. Sabía que estaría sola. Mi coche no tenía gasolina, así que cogí un taxi. Llovía, pero ella bajó envuelta en un impermeable rojo y le dio una dirección al taxista.

Ella sabía que el viaje sería inútil, pero dejó que le cogiera la mano en el asiento trasero.

El edificio oscuro más allá de las luces de París era enorme y siniestro como el castillo del conde Drácula. En la recepción, una enfermera me miró como sospechoso de necesitar tratamiento.

–No puedo dar ninguna información sobre los internos. No puede hablar con el médico de guardia. No puedo decirle ni que sí ni que no. Vuelva usted mañana. Ahora no podemos hacer nada.

Ofélie no se había bajado del taxi. Una vez más fue ella la que dio la dirección al taxista. A la hora de pagar, sacó un billete de doscientos francos. Yo me bajé del coche y cerré los ojos para sentir la lluvia. Al abrirlos, me di cuenta de que estábamos delante de mi casa. Ofélie estaba abriendo el portal. Había mentido cuando me dijo que había tirado mis llaves al Sena.

Tenía que sacar a Jean de allí. Casi dos semanas después de haber dado con su paradero seguía sin poder verle. Debía transcurrir un mes de aislamiento antes de que le permitiesen dos conversaciones telefónicas por semana bajo la vigilancia de una enfermera.

Jean encontraba la manera de hacerme llegar su desesperación. Yo era el único que me preocupaba por él, el único que podía ayudarle.

Tenía que sacarlo de allí.

No podía creer que las leyes fueran tan injustas en un país como Francia. O tal vez eran como todas las leyes, justas en general pero injustas en particular, en mi particular caso. No se puede tratar a los enfermos como terroristas y Jean no estaba enfermo, no estaba loco; por el contrario, era el único ser realmente cuerdo que conocía.

Una tarde de fines de octubre me puse a ordenar mis papeles buscando una libreta que era de Jean Charles. Me la había dado para que se la guardase el día que me fui de su casa. No tardé en encontrar lo que buscaba:

Para nosotros, todos nuestros amores son grandes amores, simplemente porque son nuestros. Si viésemos nuestras historias de amor en el cine, no seríamos capaces de soportarlas ni media hora. Porque todas son casi iguales. Hay pocas variantes:

Chico Mayor conoce Chica Pequeña. Chico Mayor se enamora de Chica Pequeña. Chica Pequeña flipa con Chico Mayor. Chico Mayor empieza a tener miedo y quiere volver a su rutina. Chica Pequeña tiene dudas y agobia a Chico Mayor con exigencias. Chico Mayor se busca otra que le dé menos problemas.

O bien, Chica Mayor se empeña en tener el amor de su vida, por narices. Cuando nos empeñamos en algo, acabamos por conseguirlo. Por eso se dice: ten cuidado con tus sueños, quizás se hagan realidad. Chica Mayor conoce a Chico Pequeño y viven la gran historia, hasta que un día le explota la bomba en los morros y todavía no sabe cómo ha sido. No se ha dado cuenta de que la historia vivía exclusivamente de su energía mental.

Puede, por último, que dos personas se quieran y se compenetren y estén hechas el uno para el otro. Es decir, un caso entre mil. Ni siquiera eso será suficiente, si se encuentran con una de esas bombas que la vida le pone al amor. El amor va andando por campos minados: en la ciudad se muere de agobio y en el campo de aburrimiento.

Puedes conocer a muchos hombres o a muchas mujeres en tu vida, pero sólo tendrás una gran historia de amor o dos. Hay gente que ha tenido tres y ha sobrevivido. Muchos no han tenido ninguna. El amor no puede ser un éxito. Los matrimonios sí, porque son como empresas. Después del amor, en el mejor de los casos puede quedar una amistad y, sobre todo, un montón de intereses comunes: los hijos, el piso, el coche, los padres... Es como un negocio y los negocios pueden salir bien. El amor es un ideal y los ideales raramente salen bien.

¿Estaba loco el que había escrito aquello?

Evidentemente no. Sin embargo, cuando aquella misma tarde se lo mostré a Ofélie, ella no estuvo tan segura.

–No tienes que demostrar que no estaba loco hace seis meses, sino que no está loco ahora.

–Pero, si sigue ahí dentro, ellos le van a volver loco.

Me costó mucho convencerla para que fuésemos a ver al director del hospital. Bueno, eso es un decir. Le pedí una entrevista y, al cabo de una semana y veinte llamadas telefónicas, me dijeron que podría ver al jefe de planta.

Una mañana de principios de noviembre abandonamos un París enmascarado en la bruma para ir a verle. Desde el taxi creí ver bandadas de pájaros oscuros perdidos como espejismos y una muchacha vestida de negro sujetando un paraguas roto en las márgenes del Sena. La niebla ocultaba el edificio del manicomio, que parecía haber dejado de existir. Esperábamos sentados en unas sillas de plástico naranja como las de los ambulatorios españoles. El plástico estaba roto en los bordes, por donde el sistema público de salud se había rendido al signo de los tiempos. La neblina entraba por la ventana abierta como una enfermera fantasmal.

Ofélie se había puesto una minifalda que la hacía parecer otra, a ella, siempre embutida en mallas negras, como perpetuamente escapada de su clase de ballet. Supongo que esa minifalda era su manera de decirme *je vais faire mon mieux*, aunque luego lo estropeara todo.

Una enfermera vestida de azul abrió la puerta. El encargado de planta era un hombre calvo con rosetones góticos en las mejillas y lejanos ojos azules. Nos hablaba muy despacio, como si fuéramos niños pequeños. Para no tener que mirarle a los ojos, yo miraba por la ventana del despacho la niebla que seguía ocultando el cielo.

–Es un caso delicado, sí, es un caso delicado. Tenemos el testimonio de la portera, los vecinos y la propietaria del inmueble. Tenemos la orden del Prefecto de Policía. No podemos proceder al interrogatorio del paciente, porque se encuentra sedado por indicación médica. Qué le vamos a hacer, la ley ordena un período mínimo de internamiento. No podemos hacer nada más.

Hablaba en plural, como si fuese el aliado de alguna potencia supranatural que lo acompañaba en aquella entrevista y que nosotros no podíamos ver. Éramos, sin duda, seres demasiado poco evolucionados para ello.

Ofélie me apretaba la mano hasta hacerme daño. Era su manera de decir que me callara, mientras ella condescendía a hacer, con su encantador acento parisino, algunas preguntas que tuvieron la virtud de que el plural se volviese unos milímetros menos prepotente.

–Eso es todo lo que puedo hacer por ustedes.

No sé cómo salí de aquel despacho sin partirle las narices al tipo aquel que hablaba de la forma en que Jean pasaría los próximos meses, horas, minutos y segundos como si su vida fuera eterna y él pudiese disponer generosamente de unos años. Quizás porque Ofélie me sacó de allí antes de que reaccionara. O porque soy demasiado cobarde.

Tenía que sacar a Jean Charles de allí.

Iba como sonámbulo por los pasillos del hospital y entonces me di cuenta de que todavía llevaba en la mano la carpeta gris con los apuntes de Jean Charles. Mientras la miraba, se me escapó de las manos y los papeles se escurrieron por el suelo encerado como migas de pan. Comencé a recogerlos con picoteos de gallina mojada. Estaban tan arrugados como mis esperanzas.

Querido Antonio:

Esto está chungo, muy chungo. No querían dejarme ni siquiera un bolígrafo, como si uno pudiera suicidarse con un bolígrafo. Además, yo no quiero suicidarme. No les daré ese gustazo. Llevo aquí más de un mes y apenas ayer pude escribirte, como me pides en tus cartas. Hasta hace dos semanas no me las daban, hasta ayer no podía leerlas. A veces se me va la olla. Es por las pildoritas, tres blancas y tres rosas. Cuanto más pequeñas, más malas. Las gotas son peores, te dejan catatónico. Al principio me ponían inyecciones. Me tuvieron mucho tiempo, no sé cuánto, semanas, dormido. Algunas veces despertaba y veía el techo, intentaba levantar la mano, pero se me volvía a caer. Babeaba, quería llorar y no podía. Cuando fueron cambiando las inyecciones por las pastillas, las guardaba bajo la lengua y las escupía en el váter. Pero venía el de la bata blanca, te notaba la mirada muy despierta y te enfocaba la pupila con una linternita. Como la tenías normal, venían dos gorilas, te ataban a una camilla y te ponían un frasco entero en vena. Al despertar no podías comer en una semana. Tu saliva era una pasta amarilla que daba ganas de vomitar

Así que ahora soy muy bueno y me lo tomo todo. Me tiembla la mano al escribir. No sé si es por las pastillas o por la debilidad. No tengo ganas de comer, apenas puedo moverme, así que para qué voy a comer. Ellos dicen que eso es síntoma de depresión y que deseo autoagredirme. Si ellos se tomaran las bolitas esas rosas y blancas, ni siquiera podrían tragar saliva.

¡Cómo no voy a estar deprimido, joder! Llevo aquí casi tres meses. Me han secuestrado, me han drogado, me han humillado. Y todo esto es legal.

Es por tu bien, me decía la enfermera que me pinchaba los primeros días. Yo ni siquiera podía contestarle. Se me nublaba la vista. Pero recuerdo su olor. Aún podía oler. No volví a verla por aquí. Ella era humana.

Esto es la Seguridad Social, me decía el gordo que me ató a la camilla. No tenemos tiempo para ver tu caso particular, así que todos a dormir. Sé buen chico y duérmete un rato.

Cuando me desperté en el pabellón de agudos, atado a una camilla y con una aguja en el brazo, comencé a gritar que no estaba loco, que quería ver a un abogado, que me soltaran, que quería salir de allí. Ya no lo volveré a hacer.

Aquí, decir que no estás loco es la prueba más irrefutable de que lo estás. Tampoco debes admitirlo. Debes decir algo así como «estoy bien, pero tengo algunos problemas». ¡Dios mío! Todo el mundo tiene problemas y los bomberos no le derriban la puerta a las dos de la mañana, como si fuera un terrorista. Y no se despierta en una cárcel blanca en manos de energúmenos.

Alguien ha organizado esto contra mí. Estoy seguro de que ha sido el dueño del piso para poder recuperarlo. Se lo conté al barbas el primer día. El barbas es el que hace de psiquiatra. No es que aquí les dé por el psicoanálisis. El psicoanálisis es para ricos. Los ricos quizás tienen problemas individualizados, los pobres compartimos el mismo diazepam. Drogas y más drogas para los que no son de pago.

El caso es que, por supuesto, el barbas no me creyó. Delirio paranoide, dijo procurando que yo le oyera. El barbas sólo se molestó en verme cuando ya me habían dado suficiente pienso. Me costaba tanto hablar, que es posible que hablase como un loco. Yo llevaba días pidiendo ver a un médico. Se supone que los médicos han estudiado para distinguir a los locos de los que no lo están. ¿Pero quién separará a los médicos locos de los que no lo están? Hitler tenía muchos médicos locos trabajando para él, que también estaba loco. Esos locos querían exterminar a todos los que estaban en los manicomios y casi lo consiguieron. No sólo eso, también querían eliminar la semilla de la locura de la tierra y esterilizaban y castraban a la gente. Todo eso eran locuras y se les condecoraba por ello. Si Hitler hubiera ganado, estaríamos gobernados por locos como él y la gente cuerda habría sido exterminada de este mundo. Así que deduzco que la principal diferencia entre cuerdos y locos es que los locos son los que han perdido. Ganadores y perdedores. Ricos y pobres. Siempre lo mismo.

Así que esto, Antonio, es como una cárcel. Sólo que en una cárcel tu cuerpo está encerrado, pero tu mente puede vagar en libertad. Si quiere, puede ir a Singapur y volver. Aquí tu mente está encadenada por las drogas y, cuando llega a la esquina, tiene que dar la vuelta. Creo que hasta este siglo todavía no lo habían descubierto, eso de en-

cadenar la mente, digo. Ahora sabemos que todo es química y hemos matado la inmortalidad. Si una molécula puede impedirme pensar y otra puede ponerme contento, ¿dónde queda mi alma inmortal? Pues ya ves, Antonio, aquí he aprendido a creer en mi alma inmortal. Si no creyera en ella y en que saldré de aquí, me roería las venas. Probablemente, tampoco serviría de nada. La sangre es muy escandalosa. Pero podría golpearme la cabeza contra la pared hasta matarme y esto les confirmaría que estaba loco. No hay loco bueno, sino el loco muerto.

Pero no estoy loco y creo que un día lo demostraré y saldré de aquí. A esto lo llamo yo creer en el alma inmortal, esa cosita que todavía me queda dentro cuando lo veo todo borroso y no puedo pensar, no tengo ganas de hacer nada, no tengo fuerzas. Pero tengo una lucecita que quiere levantarse, intenta caminar y me dice no te rindas, no te rindas.

De verdad, Antonio, que no sé como agradecerte que no me hayas dejado tirado, tío. Yo sabía que podía contar contigo. Aquí te dejan hacer una llamada, bueno, si le das mucha pena al enfermero. Ni siquiera es un derecho, como cuando te detienen. Así que conseguí llamarte, a pesar de que no tenía monedas. Si matas a un hombre, tienes derecho a una llamada; si estás loco, no. Como si todos los que matan a alguien no estuvieran locos, al menos por un momento, porque matar a alguien es como matarse a sí mismo. Al revés, la mayoría de los que están aquí no matarían a nadie. Algunos, sólo a sí mismos.

En serio, tío, que te agradezco que me llames y que vengas a verme y que me escribas, porque yo no tengo más familia que tú. Siento mucho haberte dicho todo aquello de Ofélie. Algún día te contaré una cosa que pasó entre ella y yo. Ahora no, pensarías que estoy loco.

Tengo invertida la carga de la prueba: todo es prueba de mi locura y poco puedo hacer para convencerlos de lo contrario. A veces alguien hace una tontería, entra dando tiros en un bar, por ejemplo, y entonces entrevistan a sus compañeros y todo el mundo ya había notado algo extraño en la manera como el tipo revolvía el café. Cuando la verdad es que no habían notado nada, pero ahora, a la luz de lo que hizo, lo normal ya no parece normal.

Hay países enteros de locos y no los encierran. Países en que la gente lleva pistolas y tiene miedo de salir a la calle. A quien no tuviese miedo, probablemente lo encerrarían. El secreto está en estar igual de loco que todo el mundo, ni más ni menos.

Pero ahora todo lo que diga será utilizado contra mí. Aunque espero que tú no lo hagas. Yo escribo esto para ti, no porque crea que pueda servir para probar mi cordura. Seguramente será al contrario. La luz de la sospecha deforma los cuerpos. Te escribo porque eres mi amigo y porque me hace bien hablar contigo.

Me alegro de que hayas vuelto con Ofélie, aunque ya sabes lo que pienso de ella. Me da palo lo que cuentas de que os volvisteis a enfadar porque ella dice que estoy loco y tú estás empeñado en sacarme de aquí. Tienes que darle la razón, a las mujeres y a los amantes jóvenes siempre hay que darles la razón. Dile que estoy loco, pero que estaría mejor fuera de aquí. Eso le gustará. Pero tío, sácame de aquí. Si no salgo, me voy a volver loco de verdad.

Los medicamentos te sumen en una indiferencia sorda, a pesar de lo cual esto sigue siendo un infierno de boca pastosa. Nunca tuve paciencia. Aquí voy a terminar de perderla. No quiero pensar que un día voy a morir y que estoy perdiendo mi tiempo en esta sala. Joder, esto no es lo que he venido a hacer aquí. No sé lo que he venido a hacer aquí, pero no era esto.

El otro día, el barbas me preguntó por mis padres y todo eso. Yo no voy a hablarle a nadie de mi viejo, eso le encantaría. Yo no creo que soy como soy por lo de mis viejos, por lo de que él le pegase a mi madre y demás. Yo creo que la gente puede cambiar su vida y que tus padres no son excusa para nada. Pero no voy a darles combustible para que jueguen con los muertos y me hagan daño. Los muertos están muertos. Si hablando de mi madre la pudiera resucitar, valdría la pena hablar hasta que me volviese loco. Como eso no es posible, le sonreí estúpidamente y le dije que no me acordaba de ellos.

Nunca te fíes de la gente que sonríe demasiado, Antonio. Sonríen mucho los que han sufrido mucho. Es una forma de disimular y un bálsamo para irse olvidando. Los que nos reímos mucho es porque conocemos el dolor. Nadie es tan feliz como el que ya ha sufrido, porque conoce el peso del aire y sabe que en cada minuto está la posibilidad de un final. En unos segundos, el mundo puede girar y la bola de la tierra caerte encima y ya nunca nada será como antes. Así que hay sonrisas de antes y de después; por supuesto, hay una sonrisa de antes de morir mi madre y otra de después. Te lo cuento a ti que eres mi amigo, pero yo no quiero que ese cabrón del barbas lo sepa, porque él no quiere ayudarme, sólo quiere convencerse de que sí estoy loco para tranquilizar su mala conciencia. Les pagan por número de internos o algo así, de modo que tienen que justificar gastos.

Claro que hay gente a la que le viene bien estar aquí, porque no tienen a donde ir o porque no son capaces de soportarse a sí mismos. Las pastillas son para ellos una manera de suicidarse y seguir respirando. Todo el mundo se siente mejor hasta sus familias, porque no se han matado, aunque ya estén muertos.

A los únicos que deberían encerrar es a los que pueden hacer daño, y ésos son los que están más sueltos, están por todas partes. ¿Pero cómo reconocerlos? El tipo ese que entra en el bar con la escopeta era normal hasta aquel día. No estaba loco, quizás lo que hizo no era una locura. Probablemente era algo lógico en un mundo como éste. Algún día encontrarán el gen de esas cosas y encerrarán a los niños nada más nacer

Bueno, tío, vas a pensar que estoy loco de verdad y no es cierto. No estoy más loco que tú. Esta sociedad sí que está loca. Los residuos radiactivos de la electricidad que consumimos hoy envenenarán a nuestros descendientes dentro de mil años. A eso lo llamo yo un buen negocio. Creemos que el aire y el cielo no tienen precio, creemos que lo que no tiene precio no vale nada. Nuestros hijos, nuestros nietos nos lo reprocharán, pero para entonces quizás ya seamos todos estériles de tanto comer mierda.

Yo no soy catastrofista, las cosas nunca son tan malas ni tan buenas. Quizás no suceda lo peor y este planeta siga girando en razonables condiciones. Los pobres se morirán de hambre y los ricos se clonarán a sí mismos. Así que nos espera un futuro ideal, sin pobreza ni fealdad. Un mundo en el que sólo queden los guapos y ricos. Pero entonces alguien tendrá que servirles el café y tendrán que reinventar a los pobres. Los robots nunca podrán sustituirlos, porque no da el mismo placer putear a una máquina que a un semejante. La máquina no sufre. El otro, que es igual que tú, que podría ser tú, es el que da la medida de tu poder y tu importancia. Por eso creo que resucitarán a los pobres y todo seguirá como hasta ahora. Amén.

Bueno, ya ves que sí me estoy volviendo loco, pero te prometo que si salgo de aquí no se me va a notar nada. Me he dado cuenta de que el sistema es más fuerte que yo, que tengo que fingir que no pienso y que soy igual que todos, porque no estoy dispuesto a pasar por esto nunca más. O sea, que yo también soy un vendido. O sea, que soy como todos. O sea, que no estoy loco. Me conformo con rodearme de unas pocas personas que merezcan la pena, volver a hacer versos y encontrar un trabajo, con tal de tener mi lugar al sol. No quiero acabar como una piltrafa, con la cara hinchada y temblándome las manos. Antonio, estoy desesperado y tengo mucho miedo. No quiero morirme aquí dentro. He ingresado por orden de un Prefecto de Policía y necesito otra orden suya para salir. Si nadie me ayuda desde fuera, pasaré aquí años. Al principio me cagaba en el desgraciado que se ha quedado con mi casa. Ahora no me importa nada mi casa, ni haber perdido todos mis libros, ni mi ropa, ni mis poemas; sólo quiero salir, aunque sea para vivir debajo de un puente. Debajo del Pont Neuf, *por supuesto. Lo que hagas, hazlo bien. Sobre todo, Antonio, no dejes de escribirme ni de llamarme. No quiero que te pelees con Ofélie por mi causa, dale la razón en todo, pero sigue ocupándote de mí. No hay ningún motivo particular para que yo me lo merezca, pero me moriría si me dejaras solo. Aquí hay gente, pero nunca me había sentido tan solo. La mayoría no son seres humanos, sólo lo parecen. Si sigo así, pronto yo tampoco seré un ser humano.*

Antonio, tú eres lo más grande que me ha ocurrido en París. Los amigos son la única razón para seguir viviendo, lo único que me ata a las servidumbres infinitas de ser hombre. A los amigos se les elige, a los padres no. En realidad, tampoco elegimos a nuestros amigos, ellos nos eligen a nosotros. O la vida lo hace por los dos. Por eso estoy tan contento de haberte conocido. La mayoría de los seres humanos pasa por la tierra sin que nadie los comprenda, sin haber tenido siquiera la ilusión de ser entendidos. Yo tuve esa certeza, al menos, esa esperanza contigo. Y la tierra era menos grande y la noche menos negra. Siempre he buscado a alguien que me comprenda, porque la tragedia del hombre es que está solo; por mucha gente con la que hable, siempre está solo. Vivimos solos, morimos solos. Nuestro lenguaje es imperfecto, nunca sabemos si lo que decimos significa lo mismo para el otro. Por eso, la verdadera comunicación no se da con palabras. Me he sentido dentro de tu cerebro, que es como decir en tu corazón. Sabes que a veces me he acostado con hombres. Nunca lo hubiera hecho contigo; mis sentimientos hacia ti eran demasiado grandes. Te quiero demasiado para hacerte mi amante. No me ha hecho falta tu cuerpo, me conformo con tu alma. Quizás te escandalice, de un hombre a otro, que te diga que te quiero. Una vez más, el lenguaje es imperfecto, pero sabes lo que siento y no hace falta ensuciarlo con palabras.

Los griegos tenían razón, ya te lo he dicho muchas veces. La amistad es superior al amor. Sólo tu amigo se alegra con tu bien, aunque a él no le procure ninguno. El amor es egoísta, amas al otro porque te hace feliz, le deseas el bien que te conviene. ¡Cuántas veces no he deseado que mi amante se sienta triste para que corra a refugiarse en mis brazos! Cuántos maridos no desean que sus esposas fracasen en su profesión para que los necesiten aún más. Ése no es el sentimiento que tengo contigo. Por eso, y aunque te estoy suplicando que no me abandones, si crees que lo mejor para ti es olvidarme, debes hacerlo. Siempre me alegraré de haberte conocido.

A Ofélie debes decirle que la prefieres a ella. Las mujeres son horriblemente celosas. Miéntele, critícame, habla mal de mí. Eso la calmará. Perdónale sus infidelidades, no son tan graves. Hay más orgullo que amor en los celos. La pobre sólo trataba de defenderse del desvalimiento que sentía al estar enamorada de ti e insegura de tu amor. Engañarte le daba una falsa sensación de estar a salvo, de estar por encima de sus sentimientos hacia ti. Ella no te dejó por otro; tú la descubriste con otro, porque ella quería ser descubierta y castigada por el pecado de haberte sido infiel. Y fuiste tú quien la dejó. ¿Por qué habría ella de quedarse sola? Pero ella te necesita tanto como tú a ella. Hace tiempo comprendí que tú eras uno de esos hombres que sólo está completo con una mujer. Como es natural, eso me producía celos, me parecía indigno de ti. Sobre todo, la mujer que escogiste me parecía indigna de ti. Ahora comprendo que el verdadero amor exige que desee tu felicidad. Por lo tanto, debes intentar conservarnos a los dos, pero si tienes que elegir, quédate con ella.

No hagas sufrir a tu ego. El dolor del cornudo se alimenta de mentiras y lugares comunes, pero puede hacer mucho daño. Lo sé, porque yo mismo lo he sentido.

Ella se va con otro y tú piensas que ya no vales nada. Miras a ese otro y crees que es mejor que tú, y si él es mejor que tú y es un gilipollas, eso quiere decir que tú eres todavía mucho más gilipollas. Las cosas son mucho más simples. A mí me encanta el marisco, pero esta mañana no sería capaz de comer ostras. Hoy preferiría un croissant y un café. Eso no quiere decir que el café y el croissant sean mejores que las ostras.

En la vida pasa igual: unas veces la gente tiene ganas de croissant y otras de ostras. O confunden las ostras con el croissant.

Me dices que ya no escribes música, debes seguir intentándolo, yo sé que tú eres un gran artista.

Por encima de todo, quiero tu amistad. Prefiero que ames mi recuerdo a que me detestes a mí.

Si esta carta o como se llame te llega, no se la des a esos matasanos. Encontrarían más pruebas en mi contra. Quédatela tú como algo mío, algo que con mucho esfuerzo, oh Dios, si se me va la cabeza, he tratado de darte.

Tu amigo Jean Charles

–O él o yo. –Ya lo había dicho. Ofélie me miraba desde el repecho de la ventana. A sus espaldas, París se desvanecía con las últimas luces de una tarde de noviembre.

No debimos hacer el amor al atardecer: me pone triste, me hace vulnerable, me debilita, me destroza, me une a ella, me deja a su merced. Me levanto y veo que casi no hay luz. A mediodía, la luz del sol me devuelve las fuerzas y, por la noche, el sueño me proporciona una retirada honrosa. Sin embargo, al atardecer me parece que me disuelvo con las nubes que se escapan hacia la oscuridad.

No tenía ganas de discutir, no tenía ganas de nada. Intenté coger mi violín pero se me caía de las manos. Lo escondí en cualquier parte, donde no me recordara continuamente el tiempo que llevaba sin componer.

–Estás obsesionado con Jean Charles, no piensas en otra cosa, no hablas de otra cosa. Es como si él estuviese sentado entre nosotros. Puedo sentirlo incluso cuando hacemos el amor.

–Pero si casi nunca me dejan verle.

–¿Para qué quieres verlo más? Lo tienes más presente que cuando vivías con él. Tú no eres su padre, tú no eres de su familia, no le debes nada, no puedes hacer nada por él. Le tendrán allí hasta que consideren que se ha curado.

–Si no hacemos algo, pueden tenerlo allí toda la vida.

–Por eso mismo, tú tienes que vivir la tuya.

Detestaba discutir con ella, no lo soportaba. Nunca he creído en el valor terapéutico de las peleas. Tampoco me gustan las reconciliaciones; tienen algo de rendición, de fracaso, y parece que el amor se va partiendo en trozos cada vez más pequeños. Además, estaba roto; un enfermero me había dado por fin la carta que le había pedido a Jean Charles y que no queríamos confiar a las vías oficiales. Nunca he sido hombre hábil para las intrigas y hasta para aquel pequeño negocio tuvo que aconsejarme Ofélie. Leerla me había destruido. Para mí probaba que Jean estaba perfectamente, que, dentro de lo que cabía, era el de siempre. ¿Pero sería prueba suficiente para los demás? Me habría gustado que Ofélie la leyera, pedirle su opinión, pero no me atreví. Allí se hablaba también de ella.

Confiaba en Jean Charles, pero unas palabras entremezcladas en el texto me inquietaron: «Algún día te contaré lo que pasó entre ella y yo». Y el caso es que, con ese subterfugio, ya me lo estaba contando. La actitud de ella hacia él era ciertamente extraña. A pesar de sus despropósitos de hoy y de su declarada enemistad de siempre, a veces la sorprendía desvelándose por encontrar en la *pâtisserie* preferida de Jean un *croissant aux amandes*, su favorito, que luego le enviaba de contrabando. Tras aquellos extraños desvelos maternales, a menudo seguían estallidos de celos como éste.

¿Cómo podía yo imaginar que mi amigo me hubiera traicionado, mi mejor amigo, mi único amigo? A veces pensaba que el que sufría delirios paranoides era yo. Me remordía, por otra parte, la conciencia de haber admitido en mis malos momentos que Jean estaba algo desequilibrado. Mi duda era lo último que él hubiera podido soportar. Si yo también creía que estaba loco, no le quedaría más remedio que volverse loco de veras.

–Está loco, siempre lo ha estado –decía Ofélie–. Sólo podemos intentar que lo traten bien, que acaben cambiándolo de institución y que un día le dejen salir con un tratamiento ambulatorio. Es lo mejor que podemos hacer por él.

Quizás Jean Charles está loco, quizás Van Gogh estaba loco, pero no hacía falta castigarlos por ello. Bastante castigo es vivir.

Usted no es miembro de la familia. Esa frase era el muro contra el que yo me estrellaba una y otra vez. «*Vous n'êtes pas de la famille*», había dicho el jefe de planta. «*Vous n'êtes pas de la famille*», repetía el oficial de policía para impedir que viese el expediente. «*Vous n'êtes pas de la famille*», asentía el celador que me negaba el número de teléfono del pabellón en el que estaba internado Jean Charles. Finalmente, una enfermera bizca y regordeta me lo escribió en un trozo de papel cuadriculado, como si fuese la contraseña de una sociedad secreta.

Entonces llamé y me dijeron que «*notamment, n'étant pas membre de la famille*», no podría hablar con Jean Charles durante otra semana.

–Su amigo está todavía bajo los efectos del *shock* –aseguraba el enfermero jefe.

Poco a poco, como un salmón, fui remontando la corriente en busca de mi amigo.

Aprendí a respetar escrupulosamente el reglamento interno del hospital psiquiátrico: quince días de aislamiento total, después algunas llamadas bajo la vigilancia de un enfermero y por fin, al final del primer mes, las visitas.

La primera entrevista no duró más de diez minutos. Nos vimos en una sala triste en cuya esquina otros tres internos jugaban a algo sobre una mesa de formica azul. Jean Charles estaba agotado y hablaba con dificultad. Costaba reconocerlo con su bata verdosa. Le habían cortado el pelo casi al cero. Ya no parecía él sin su melena roja que había sido la bandera de mi revolución imposible. Me pidió que le trajera su maquinilla de afeitar y el espejo de concha que se trajo de América para sentirse un poco menos lejos de sí mismo. Yo le había llevado dos croissants, sonrió al verlos, partió uno por la mitad y lo mordisqueó con desgana, luego partió el otro y envolviendo los tres trozos en una servilleta se levantó con esfuerzo y se dirigió hacia la mesa azul. Los jugadores no le miraron pero él enarbolaba los croissants y se los puso en la boca, en ese momento se desató la alegría de los locos, que empezaron a batir palmas. Sólo entonces me fijé en ellos, en ese aire de niños ausentes que tenían con las batas verdes y las miradas rojas.

Aquella mañana de noviembre, Jean Charles me contó cómo los bomberos, ante su airada reacción (la airada reacción de cualquier persona cuya puerta es echada abajo a las dos de la mañana), lo habían conducido a una especie de ambulatorio, prisionero de una camisa de fuerza. Lo habían declarado «peligroso para sí mismo y para los demás», «nocivo para la salud pública», y lo habían recluido, por orden del Prefecto de Policía, en el blanco hospital psiquiátrico que se esconde a veinticinco kilómetros al este de París.

Usted no es de la familia. La familia, por supuesto, no se había presentado. Era a mí a quien Jean había pedido ayuda, porque yo era su única familia. Casi tanto como él era la mía. Llevaba meses sin llamar a España y de pronto casi lloré al marcar el número de la vecina, porque mi madre no tenía teléfono. Casi todos los días le preguntaba a Engracia, la del segundo izquierda, si la habían llamado. ¿Y quién la había de llamar? El hijo ese que tenía perdido en todas las Francias. Ella sí se emocionó y pude sentir el peso de sus lágrimas cayendo sobre el delantal.

Internado por orden del Prefecto de Policía, Jean Charles necesitaba otra orden para quedar libre y esa orden sólo podía ser emitida después de oír la opinión de dos comisiones sucesivas de expertos, que no tenían ninguna prisa por reunirse. Como yo no era miembro de la familia, era casi imposible informarme sobre esas comisiones.

Mientras tanto, trataban a Jean como a un criminal. Al cabo de dos meses, obtuvo el derecho a pequeños paseos por el parque y a dos visitas semanales. A veces acudía yo solo, a veces, con Ofélie. Nadie más iba a verlo.

No sé si gracias a mis súplicas o al cansancio de sus carceleros, por la época en que le permitieron las visitas empezaron a aligerarle la dosis de medicamentos. Ahora sí podía devorar los libros que le llevábamos.

Fue entonces cuando le pasé papel, con la esperanza de que lo que escribiese probara su cordura.

Una vez por semana, durante quince minutos, Jean recibía la visita de un psiquiatra. El resto del tiempo, él y todos los demás quedaban abandonados a sí mismos y a las drogas con las que los reducían a sombras.

Usted no es de la familia. No me decían nada de su historial clínico. Usted no es de la familia. No sabía el nombre de la locura que lo aquejaba. Jean solía hablar del sistema, un síntoma de paranoia para los psiquiatras bienpensantes. Yo podía ver el sistema materializado en el número de la bata verde de Jean Charles.

Yo no era ni sería nunca de la familia. Lo quería demasiado para eso.

El padre de Jean llegó un día de finales de otoño en que las hojas de los árboles del pequeño parque del hospital psiquiátrico estaban aterrorizadas por la lluvia. El viento le azotó el rostro de cartón, que era como una sola arruga y que en verdad no podía ser abofeteado por nadie más que por la lluvia y el viento de París, que pueden ser los más amargos del mundo.

Yo no quería verlo. Lo odiaba por lealtad a Jean. Ofélie lo citó delante del hospital. Nunca supe cómo lo hizo venir ni cómo averiguó su dirección. El Minitel, me dijo una vez, cuando ya nada de esto tenía importancia. Pero yo intenté una vez bucear en las tripas de la pantallita más francesa del mundo y sólo pude atestiguar que Jean Charles se había cambiado el apellido. El de verdad, el de su padre, nadie lo sabía. Y yo tampoco quería saberlo, pero una curiosidad malsana me impulsó a espiar aquella entrevista, medio oculto entre los anuncios cercanos a la parada del autobús. Dientes grandes y abiertos para sonreír a la desolación del edificio cerrado. Desde mi escondite, Ofélie parecía aún más adorable y más francesa con aquella boina negra que defendía con manos de alfileres contra el aire enfurecido.

Me alegré de estar allí. Sentía que mi invisible presencia podía protegerla del hombretón. Tuve que reconocer que su aspecto era menos repulsivo de lo que me había imaginado. Aun desde la distancia, pude jurar que Jean no tenía ni un solo rasgo suyo. Era una de esas personas de rostro casi imposible de recordar. Un hombre vulgar como otros miles de hombres, de esos que confundes con otro, perdone monsieur Clement, pensé que era monsieur Dumont. Siempre confundí a mi carnicero con el hombre del puesto de periódicos, dos narices grandes, dos ojos amables y vacíos, dos bocas torcidas por deseos insatisfechos. A Jean Charles nadie lo confundía con otro. Era una persona que algunos amaban y otros odiaban, pero quien lo veía una vez ya no podía olvidarlo.

Ofélie gesticulaba mucho, inmóvil junto a la marquesina del autobús. Quizás lo hacía siempre y yo no me había dado cuenta hasta ahora. El hombre le respondía con ademanes lentos, como un rinoceronte cansado. Ella apretaba el abrigo con una mano y la boina con otra, casi como si bailara flamenco. Sus manos eran demasiado nerviosas. El frío de la tarde le estiraba la piel brillante y enrojecida. Yo amaba esa piel maltratada y esas manos en las que comenzaban a marcarse las venas y esos ojos rodeados de arrugas diminutas de tanto sonreír. Todas esas cosas imposibles de amar yo las amaba, porque eso es el amor, amar lo que nadie más amaría.

De pronto, el rinoceronte cogió bruscamente a Ofélie del brazo y casi me hizo correr hacia ellos. Antes de que supiera qué hacer, la puerta de cristal opaco del edificio enemigo se los tragó.

Yo no fumo, pero aquél hubiese sido un momento ideal para empezar. Medí con mis pasos la parada. Dos autobuses se detuvieron frente a mí. Luego, sus conductores arrancaron con gesto ceñudo. Por su expresión, se veía que pensaban que yo también era un enajenado recién salido del establecimiento.

Tres autobuses más tarde, Ofélie apareció con el rinoceronte. Comprobé con horror que me hacía señas con la mano, rompiendo nuestro pacto de anonimato, y que caminaban decididamente hacia mí.

El hombre no me dio la mano, pero exclamó:

–Es usted.

Ofélie me hizo un gesto resignado con las cejas.

–Siempre supe que mi hijo estaba loco. Esto es lo mejor que pudo pasar. Ya firmé el consentimiento de la familia para que quede internado. Por desgracia, nada puedo firmar para que no vuelva a salir.

Hablaba con una fluidez insospechada en un paquidermo de movimientos tan lentos, de ojos tan sólidos e inexpresivos como las piedras que marcaban el sendero por el que habían salido del psiquiátrico.

Ante nosotros se paró un nuevo autobús, rojo e insolente. El chófer me saludó como un viejo amigo. Con inesperada agilidad, el rinoceronte corrió hacia la puerta.

–*Adieu* –dijo subiendo al inesperado medio de huida.

–*Adieu, monsieur* –le respondió Ofélie.

¡La hubiera abofeteado! Pero cuando la caja rodante se perdió en la distancia, me cogió del brazo como si todavía hubiera en el mundo motivos para alegrarse.

–Aceptó el confinamiento de Jean, aunque era innecesario. No podía oponerse a la orden del

Prefecto de Policía. ¡Pero cambia esa cara! ¡Ha delegado en ti los derechos de la familia! Desde ahora, tú y yo somos su familia.

Y se rió como una niña que ha consumado una travesura.

–El amor es como el cristal: cuando se rompe, se rompió –le dije la primera vez que nos dejamos. Ahora intentábamos pegar los trozos del jarrón roto y que no se viese dónde estaba la fractura. No, no era como antes. Tampoco era peor que antes. Era distinto, porque ahora también nosotros éramos distintos.

En otro tiempo creía que el amor me daría la felicidad, que estar enamorado era igual a ser feliz. Mis relaciones nunca habían pasado de ese primer estadio en el que el ser amado te hace chisporrotear el pecho y en que todos los besos saben a cerezas. Pero el hombre se acostumbra a todo, hasta a la felicidad. No hay nada mejor que una cerveza fría en un caluroso día de verano, pero la segunda ya no proporciona el mismo placer; la octava puede que no sólo no te dé placer, sino que te provoque dolor de barriga. Por desgracia, la teoría de los rendimientos decrecientes también funciona para el amor. A veces padeces una jaqueca durante tanto tiempo que sólo percibes lo intensa que era cuando desaparece. Te habías acostumbrado a ella. Lo mismo ocurre con el amor. Te acostumbras al peso del amor hasta que no lo sientes. Crees que ya no la quieres, pero si la pierdes, como me pasó a mí, te das cuenta de que nunca serás el mismo sin ella, sin una persona que hace cinco años no sabías que existía, pero que ahora te es tan querida como el aire que respiras, en el que nunca piensas hasta que te lo quitan.

No, el amor no me había dado la felicidad, ni siquiera la paz. Y, sin embargo, puede que fuera el amor lo que me llenaba de ansias irracionales aquel noviembre en que no vimos el sol ni un solo día. De repente me levantaba de la mesa donde estaba intentando componer, escondía el violín donde no me recordase mis viejos sueños y me lanzaba a las calles de París, sin decir nada a Ofélie, que me estaba mirando. Algunas veces, ella recogía su abrigo y salía corriendo tras de mí, pero yo era más rápido. Necesitaba estar solo para poder estar con ella. Tenía curiosidad por saber qué ocurriría si me alejaba de ella aunque tan sólo fuese por una hora.

Una hora paseando por París es mucho más

que sesenta minutos. Esta ciudad, hecha para los ricos, te hace guiños desplegando en sus escaparates un millón de apetecibles maneras de gastar tu dinero. Pero si no lo tienes, pasear por ella basta para que te sientas feliz. Yo podría consagrar mi vida a *flâner*, ese verbo que inventaron los franceses al inventar el urbanismo y que sólo tiene sentido en París. Cada edificio puesto de relieve por una plaza o una avenida, la repetición convertida en arte en los tejados y en las persianas, mientras en Madrid la iglesia más bella, la del Nuncio, está oculta por los tejados de las casas y sólo puede verse desde las terrazas de algunas mansiones. El casco viejo de las ciudades castellanas encierra tesoros ocultos. Hemos ganado a los franceses en arquitectura, pero no hemos aprendido de ellos el urbanismo. Esa manera de colocar las casas unas junto a otras, como las palabras de una novela que no valen sólo por sí mismas, sino sobre todo por el favor o el desaire que les hacen a las demás.

No podía olvidar las palabras de la carta de Jean ni mis propios celos que, como el fuego, se alimentaban del aire. Las veía dibujarse en las sombras de las ventanas que bordean el canal Saint Martin, el río más desconocido de París, que comencé a recorrer a menudo en paseos cada vez más largos para que el frío y la fatiga me impidieran pensar. Comencé a espiarla. Un día encontré unos versos en un cuaderno que, traducidos al español, decían más o menos:

Todos los hombres que detuve en mi portal,
todos los hombres que naufragaron frente a mí,
todos los hombres que detuve en mi portal,
todos los hombres que naufragaron en mí,
contra mí,
sin mí,
son sólo uno:
aquel que no me quiso,
aquel a quien no quise.

No sabía que ella hiciera versos y aquella ignorancia mía sobre la mujer que compartía mi vida me pareció una traición. Por otro lado, el hombre del poema no podía ser yo. Había otro, si no en su vida, al menos en su mente.

Durante mucho tiempo había creído que no era celoso, pero ahora sabía que me equivocaba. Mis sospechas crecían perversas e inexorables, como ortigas sobre el cuerpo de una paloma muerta.

Llevábamos meses esperando aquel día y, sin embargo, cuando recibimos la citación nos cogió extrañamente desprevenidos. Como si hubiéramos esperado tanto que la espera misma se hubiese convertido en una manera de vida. Mientras esperábamos, todas las decisiones sobre Jean Charles, sobre nosotros mismos, quedaban aplazadas y podíamos flotar en un limbo dichoso. Como Jean no tenía recursos económicos, yo me había ofrecido como garante de su situación si lográbamos que lo dejaran salir. Eso significaba que vendría a vivir con nosotros.

El día esperado llegó por fin una mañana poco antes de Navidad, con los árboles de París convertidos en garabatos negros contra el cielo. Era el largo invierno para ir a visitar museos y guarecerse de la lluvia en las galerías comerciales. Con el frío, todas las cosas, y mi corazón con ellas, se hacían más pequeñas y los temores se reducían a una punzada en la ingle.

Ofélie llevaba un traje de chaqueta negro que acentuaba sus formas redondas, un pelín excesivas para el siglo XX, que siempre me habían alterado. Había hecho llamar a un abogado de Lyon amigo de su padre, un hombre muy gordo y de pelo amarillento que se observaba con insistencia las uñas manchadas por el tabaco. Éste, a su vez, traía consigo a un tipo cortado a cuchillo de una delgadez lastimosa, con la nuez abultada y los ojos saltones, que acertadamente supuse que sería nuestro psiquiatra.

El local no era realmente un juzgado y aquello no era realmente un juicio. Era una sala obsesivamente blanca, iluminada por luces de neón, con pupitres de formica color tiza y albinas sillas de plástico roídas en los bordes Yo no comprendía muy bien los términos legales, salvo que, como representantes de la familia de Jean Charles, habíamos conseguido la revisión de su caso. Jean Charles había sido declarado loco por orden del Prefecto de Policía y sólo otra orden del Prefecto podía devolverle la cordura. No tenía derecho a juicio ni a defensa. Un primer informe de los psiquiatras había sido desfavorable. El abogado de Ofélie había demandado nuevos informes de expertos y una revisión del caso, en la que nosotros pensábamos aportar testimonios que apoyasen la «reinserción», que era el triste nombre que ellos le daban a la libertad.

Jean Charles no estaba allí, como si fuera el que menos tuviese que decir sobre su suerte, como si discutiésemos sobre un mueble o un objeto que todos tratan de apropiarse en la lucha por una herencia, pero al que nadie le pide su opinión.

Era la una y, con el frío y el atardecer que se nos venía encima, la escasa comida que habíamos devorado en un *Flunch* se revolvía en mi estómago para hacerme caer en un sopor. La puerta se abrió y entraron los tres jueces con batas blancas y un hombre gordo vestido con ropa demasiado pequeña para su vientre que no debía de ser amigo de los espejos. Ofélie me susurró que ése era el delegado del Prefecto de Policía.

Sonó un teléfono móvil y los tres hombres de blanco se inclinaron simultáneamente sobre sus carteras. La sala aguantó la respiración mientras se descubría quién había sido llamado, puesto que los tres decían *allô*. Luego, todos los ojos quedaron prendidos del gordo delegado del Prefecto, que intentaba conversar con su mujer en susurros y le acabó repitiendo las palabras a gritos. Finalmente apagó el teléfono, se alisó el traje como si acabara de comer y, componiendo su gesto más digno, dio por comenzada la sesión.

Se empezaron a leer informes en un francés formal del que sólo me llegaba el soniquete adormecedor, como si fuera una lengua que desconociese. Me hubiera gustado oír la música de mi lengua sin comprenderla. Las lenguas desconocidas son hermosas porque sólo se entienden las notas y se admiran las palabras sin saber que pueden expresar algo terrible. Con la propia lengua es imposible. El significado, como la luz del rayo, viaja antes que el sonido. Perdí la inocencia para saber cómo suena el español, lo entiendo demasiado bien.

Esa tarde, el francés técnico y lejano me llegaba como una nana mecida en la corriente, como un pájaro travieso, como grumos de miel en el hielo que se paladea como una pregunta.

Ante aquello que nos importa demasiado, la mente puede, como la mía entonces, fingir la más perfecta indiferencia, quedarse quieta como si cualquier movimiento pudiese asustar aquello que desea.

Permanecí en aquel estado hasta que Ofélie se levantó y comenzó a responder a las preguntas que le hacía el trío de blanco. Su voz, como la lengua materna, me era imposible no comprenderla.

Algunas veces, las manecillas del reloj avanzan sólo un minuto, sólo un segundo y el mundo se vuelve patas arriba. Cuando era niño, me sorprendía que el mundo pudiese girar sobre sí mismo sin que quedásemos boca abajo. Pues bien, ahora sé que a veces la tierra gira sólo un grado y todos quedamos suspendidos del techo y nada puede ser como era hace apenas nada.

Pasó eso. La pelota planetaria dio un extraño giro y mi mundo se volvió del revés, yo intentaba entonces no caerme del techo al que me había aferrado como una araña coja.

En el suelo, de pie delante de la comisión, estaba ella, hablando en nombre de la familia, porque para eso era rubia y francesa y no tenía acento. No podía dejar de oír y comprender sus palabras, mientras me levantaba, abría la puerta y, sin preocuparme de cerrarla, veía mis pies correr por los pasillos fluorescentes adonde nunca llegaba el sol.

No me volví a mirarla, aunque sentí su aliento detrás de mí en los pasillos infernales y supe que musitaría *merde* en voz muy baja, como hace ella. Y supe que regresó a la sala, porque ella nunca pierde el control ni deja las cosas a medias.

Lo increíble sucede siempre con pasmosa facilidad. Con voz segura y hermosas palabras, Ofélie había destruido el trabajo que habíamos hecho juntos durante casi un año.

Me parece que todavía la oigo decir que «la familia ha reconsiderado su postura y, tras una consulta con el psiquiatra, cree que lo más beneficioso para el paciente es la continuación de su internamiento, si bien con una revisión de las condiciones del mismo». No pude oír la argumentación final; entre matarla y comprenderla, sólo me quedaba salir corriendo y dar la bienvenida a la bocanada de aire gélido que me rescataba del sofoco de las salas y de los corredores sin ventilación.

Cogí el primer autobús, que se paró finalmente delante de unos desolados HLM. Al fin, entre sus casas baratas como quesos de gruyer con antenas, encontré una boca del RER y me vi en Châtelet, transportado en media hora del infierno hacia el cielo de París. Entre *clochards* y parejas abrazadas, perseguí el Sena durante horas, hasta encontrar las barcazas con flores en las ventanas en las que la vida debía de ser tan húmeda.

Me había portado como un niño. No había sido capaz de plantar cara, sólo de huir como si fuera yo el que había hecho algo malo. Sí que había hecho algo malo: confiar en una mujer, confiar en mí mismo, dejar que otros, que Jean confiara en mí.

¿Acaso no era yo tan traidor como Ofélie?

¿Acaso no me asustaba el regreso de Jean Charles? Mi amistad se había convertido en una idea que no produce acciones. Sólo los sentimientos las producen.

Recuerdo que Jean Charles tenía una estrella en la palma de la mano, en el lugar en que la línea de la muerte se junta con la del amor. Una vieja gitana le había dicho que los que tenían aquella marca morían locos o estaban tocados por el genio. Aquel crepúsculo, entre las estelas blancas de dos aviones que habían abandonado la tarde, vi la estrella de la mano de Jean en medio de las luces violetas del cielo, sin saber, como tampoco sé ahora, quién era el genio y quién el loco.

Oscurecía y las aguas negras del Sena parecían un vómito. Me dolían los dedos de frío y no podía llorar.

A tientas busqué el interruptor del portal, tropezando con las bolsas de basura que alguien había dejado allí.

Encendí las luces. Era tarde, pero no había nadie en casa. Estaba helado. Busqué la estufa de gas y mi mechero, pero sólo logré quemarme los dedos. Allí estaba mi mesa repleta de papeles y de notas malogradas como mi voluntad. Hice arder un papel amarillo y con él logré resucitar la llama azulada del gas. Extendí las manos moradas en oración ante el fuego y sólo entonces, demasiado tarde, reconocí las letras violeta.

Poco pude rescatar de la improvisada pira funeraria, pero encima de mi mesa había nueve folios más, en cremoso papel de la mejor calidad, con la caligrafía ahora odiada de Ofélie y un escalofrío de mi pobre Yo.

Me di cuenta de que Ofélie había estado allí y me pregunté dónde estaría ahora.

Ya nunca conocería el principio de aquella carta, porque era una carta, pero lo que quedaba de ella bastaba para inquietarme:

telle que je l'ai vécue et aperçue ... ensuite parce qu'elle me fait replonger dans un ... que j 'ai choisi de quitter... De nuevo el fuego ocultaba las palabras de la primera página. Pero proseguía: *... aunque parezca mentira. Sé que nunca me comprenderás, porque lo hice todo por ti, por ti y por mí...*

Nuestros primeros encuentros fueron difíciles. Eso pesó gravemente en la evolución de nuestra relación. Él no se fiaba de mí y yo no me fiaba de él. Siempre has creído que nos odiábamos; nada más lejos de la realidad. Desde la primera vez que vi a Jean Charles, sentí por él una atracción tan grande como no la había sentido por nadie. Aunque creía que estaba enamorada de ti, y así era, aquella primera tarde en que me lo presentaste en tu casa tuve que hacer esfuerzos para no lanzarme a sus brazos. Creo que él lo notó, porque me rehuía y evitaba mirarme a los ojos. Tú no te diste cuenta de nada. Siempre fuiste tan ingenuo, por eso te quiero. No fue hasta mucho después que me di cuenta de que él también se había enamorado de mí, aunque cuanto más me amaba más trataba de alejarme de vuestras vidas. Comprendí que nunca te traicionaría y que para él amarme a mí era traicionarte.

Yo ya me había traicionado a mí misma. Cuando te conocí, me di cuenta de que eras el único hombre con el que podría convivir, el único que me querría siempre. Contigo no hay discusiones. Si yo quiero ir al cine, tú quieres ir al cine. Mis cambios de humor te divierten. Cuando estoy enferma me traes manzanilla a la cama y además haces bien el amor. Ya no soy una niña y contigo supe que había encontrado lo que buscaba. La loca atracción que sentía por Jean Charles sólo podía conducir a la mutua destrucción. Así eran mis ensoñaciones con él: quería devorarlo, arrancarle la piel a tiras con mis dientes, comerme su corazón. Quería entrar tan dentro de él que me doliese. Lo deseaba tanto... Me volvía loca que de repente tuvieras un resto de su perfume en la camisa. En aquellos momentos te desnudaba con saña y tú me mirabas como a una perfecta desconocida. Pero te quería. Sabía que eras el adecuado y me sentía terriblemente culpable por aquella pasión tan ridícula como inconveniente.

En esa época, tanto Jean Charles como yo evi-

tábamos vernos y cada uno luchaba por mantenerte más tiempo apartado del otro. Tú sufrías porque nos querías a los dos y porque sentías que nos estabas traicionando. Tu ingenuidad se me clavaba como una espina de rosal, te hacía aún más querible. Otro menos bondadoso se hubiese dado cuenta de que tanto odio era algo parecido al amor.

A nuestra manera, los dos éramos heroicos: por amistad él y por prudencia yo, no nos entregamos a las chispas que corrían por el suelo cada vez que estábamos en la misma habitación.

Fui yo quien cedió. Como alguien dijo, la mejor forma de vencer la tentación es caer en ella. Pensaba que, dando rienda suelta a mis deseos, mis sentimientos hacia él se disolverían en nuestro encuentro como azúcar en el agua.

Fui a verlo a su casa, aprovechando una tarde en la que sabía que estarías ausente. Hacía tiempo que tú vivías conmigo, pero casi me retuvo el ver cosas tuyas en aquellos muros. Él me abrió la puerta sin decir palabra, pero de pronto alargó la mano y nuestros dedos se palparon furiosos como si ya se poseyeran. Tuve que apoyarme en la pared, porque la debilidad se había apoderado de mi pecho y apenas podía respirar. Me incliné hacia sus labios. Por un instante nuestros cuerpos se rozaron y sentí que me fundía como un metal puesto al fuego. Entonces se alzó y me dio una bofetada, única, tremenda. Luego me empujó hacia la puerta y, llorando, me pidió perdón y me besó en la mejilla sin dejar de empujarme hacia afuera, más hacia afuera.

Quería morirme, quería castigarme por lo que había hecho y por lo que no había hecho. No soportaba verte con tus ojos tan limpios. Te seguía queriendo y pensaba que no era digna de ti.

Me busqué un amante, el más abyecto, el más brutal. Me lo hacía por detrás, me pegaba. Era lo que creía merecer. Llamé a Jean Charles y se lo dije. Le pedí que te lo contara para que dejaras de quererme, porque ya no merecía tu amor. Así nos sorprendiste.

Desde que me dejaste, me dediqué a sufrir con ahínco, como si el dolor pudiera hacerme digna de ti. Siempre me has visto aparentemente serena y segura de mí misma. No sabes con cuánto esfuerzo he podido mantener esa máscara que te agradaba.

Cuando me llamaste, creí que Jean Charles y el destino me habían perdonado. Aunque tenía miedo de volver a verle, hice lo posible por ayudarle y por complacerte a ti. Era tan feliz de estar contigo. No hay felicidad como la de aquel que la creía perdida para siempre. La vida, que dicen que no da segundas oportunidades, me la estaba dando.

Pensaba que ya nada sentía por Jean y así fue durante nuestros primeros encuentros. Pero a medida que su mente se fue escapando del mundo de las sombras, el brillo de sus ojos volvió a atormentarme.

No podía decirte nada y así, día tras día, mientras trabajaba para que Jean viniese a vivir con nosotros, un buitre me devoraba el estómago. No sabía qué hacer y hoy de re nte, hablando con el abogado, las palabras vinieron a mis labios desde lo más profundo de mi miedo, como si las estuviera pronunciando otra persona.

Te vi salir corriendo y pensé que otra vez te había perdido. Y eso no puedo soportarlo. Prefiero humillarme ante ti, que veas mi miseria y ponerte para siempre por encima de mí, para que tú, que eres bueno, me perdones.

Para que tú, que eres bueno, me compadezcas si aún me quieres.

No estaba firmada. Por un momento temí que no fuese una carta, sino la confesión de un suicida.

Aquella noche Ofélie no vino a dormir. Pensé que quizás no volviese nunca y sentí un resquemor intenso en el estómago. Volvió el primer día del nuevo año. Fregó los platos que yo había acumulado en el fregadero y se instaló en casa como si nada hubiera sucedido.

Se necesitan nueve meses para que nazca un niño pero sólo un segundo para que muera un hombre. Un minuto fue suficiente para cambiar mi vida, el minuto en que sonó el teléfono y oí a Ofélie decirme que estaba embarazada.

Nueve meses pueden ser mucho tiempo: tiempo para esperar y escribir estas páginas entre una ecografía y un análisis de sangre, tiempo para leer todos los libros que enseñan a dar el biberón, mientras le recuerdo a Ofélie que tome sus pastillas de hierro y sus vitaminas y me niego en redondo a dejar que le hagan la amniocentesis.

Alguien que todavía no existe se ha convertido en lo más importante de mi vida. Sin embargo, no he abandonado a Jean Charles. Todos los domingos vamos a verle y Ofélie le lleva croissants *aux amandes.* Yo sufro cada vez más con esas visitas. Mi cara se va pareciendo a la que ponía mi padre cuando iba a misa cada domingo en un acto que estaba lejos de ser placentero, pero que era necesario para la vida. A Jean Charles le llevamos libros y le hemos comprado un ordenador portátil. Está cada vez más tranquilo y más ausente, como si su situación hubiera dejado de importarle.

Alguno de esos domingos, antes de ir al sanatorio, voy con Ofélie al *marché aux puces, y* mientras buscamos en los anticuarios una cuna a juego con nuestros muebles, hacemos planes para que el bebé nazca en Galicia. Pero sé que nunca volveré a mi país. Me he convertido en un *extranjero:* alguien que prefiere vivir lejos de su tierra, porque en ella se sentiría aún más diferente. Espero tener tiempo todavía de componer algo que merezca la pena. He puesto mi violín en un estante, en la habitación chica que será del niño. Todos los días entro en la habitación y me quedo mirándolo. Algunas veces hasta llego a cogerlo amorosamente en brazos. La semana pasada toqué algunos acordes y traté de apuntarlos en un papel. Pero la inspiración no acabó de llegar y me puse a corregir exámenes de mis alumnos. Por el momento doy clases de música en un colegio privado, y en primavera espero conseguir una plaza en el Liceo, si todo sale como ha dicho Ofélie, entonces estoy seguro de que seré capaz de componer.

Ella y yo estamos de acuerdo en todo o en casi todo. Porque yo quiero una niña y ella un niño. Ella quiere ponerle como su padre y yo pienso que ningún niño debería llevar un nombre del pasado, que debería inventarse un nombre nuevo para cada nuevo ser que llega al mundo, que ponerle el nombre de otro es casi condenarle a repetir su vida.

Ofélie quiere dar a luz en el agua. Todos los miércoles nos reunimos en un salón de madera con otras parejas que quieren que sus hijos sean distintos y nos contamos los unos a los otros cómo hablar con nuestro pequeñajo antes de que siquiera nos vea.

Cuando llegamos a casa, acaricio la barriga de Ofélie con el arco de mi violín, o con un pincel, o cojo su lápiz de labios fucsia y le dibujo corazones alrededor del ombligo. Ella sonríe, se ríe y no deja de reír hasta que escribo en su vientre el nombre de Jean Charles. Entonces se queda callada y me besa en la boca.

Seguimos peleándonos a propósito de Jean. Yo sigo diciendo que no está loco. Ofélie responde que es porque soy un idealista que no se adapta a la sociedad. Que qué hubiera sido de mí sin ella.

Pero preferimos hablar del niño. Ofélie dice que quiere darle el pecho, pero tiene miedo de que su leche no sirva, como no servía la de su madre. Cuando Ofélie era pequeña casi se murió de hambre, porque la leche de su madre era como un agua sucia.

Ahora se despierta casi todas las noches, porque tiene siempre el mismo sueño.

Sueña que da a luz aquí, en este mismo dormitorio. Yo estoy a su lado y no podemos ser más felices. Entonces ve a un hombre que la mira desde el rincón. En la borrachera del parto siente que está irremediablemente unida a él. Luego se da cuenta de que el hombre no ha venido por ella, sino por su bebé y de que su bebé lo ama. Se da cuenta de que no sabe quién es el hombre, de que él no la conoce a ella. Y entonces se despierta llorando.

A veces hablamos de matrimonio pero no nos gusta hablar de futuro. Nuestra vida se limita a esperar. Quizás un día nos separemos y dentro de un año volverán a revisar la causa de Jean Charles. Quizás él regrese al mundo y nos haga preguntas. Pero de momento ese día parece tan lejano como los primeros besos de la adolescencia.

Ya no estoy tan seguro como antes de saber quién soy. Quizás sea lo que en Estados Unidos llaman un perdedor y en España un buen hombre. Algunas tardes neblinosas en París, una punzada de culpa me rompe la garganta, pero he aprendido a reprimirla, como se reprime un estornudo en un funeral. No sé muy bien lo que he aprendido. Porque esas tardes me parece que sólo soy otro hijo de puta.

Este libro está dedicado a mi hermano
Alfredo, porque no podrá leerlo,
y a ti,
porque lo has leído

Quien más y quien menos todo el mundo tiene mucho que agradecer.

Y la autora de este libro es quien más tiene que agradecer a *Raquel* por ser la lectora con quien todo escritor sueña, a *Joan* por ser para escritores que no sueñan, a *Julio, un sueño de escritor,* a *Ana Ossenbach, Sofía Menéndez* y *Ángel Zapata* por ayudarla en los comienzos de este libro, y a *Josefina Méndez Gómez, Alfredo Álvarez Rico* y *David Méndez Álvarez* por ayudarla en los comienzos de su vida.

Y a todos los que no están aquí pero saben que les quiero y ellos me quieren.

Puedes cerrar los ojos, pero no puedes cerrar los oídos.

Aunque te los tapes con cera, los gritos del mundo y la nana cansina del tren entran dentro de ti. No quieres oír, pero oyes.

El tren cruza Marruecos, deja atrás la tierra roja de Marrakech. Deja atrás los olores de plátano y miel, las flores podridas en los estanques de los palacios.

Lo que no deja atrás es el dolor.

Tu dolor.

Mi dolor.

Soy yo, hace tiempo: antes de escribir este libro. Tengo una gangrena en el pie y cruzo lo que queda de la noche, como si cruzara mi vida entera. El tren se para en todas las estaciones. El revisor me alumbra con la linterna cada poco. No sé si lo hace para saber si sigo viva o para evitar que vaya por la vida y por la noche sin pagar billete. El revisor y la fiebre no me dejan dormir. Es la noche en la que decido publicar *Los amantes tristes.* He tenido un accidente de coche y he estado a punto de morir. Como un personaje de Borges, me he ido al Sur en busca de una respuesta y me he encontrado con los pequeños anaerobios que se apoderan de mi pie y de mi voluntad de seguir viviendo. Consigo llegar a Madrid. Urgencias. Me quitan un trozo de pie y de prejuicios. El médico me llama *mi gangrenita*, pero la enfermera de noche no viene cuando la llamas. Tengo la boca pastosa y mi cuerpo no me responde. Cuando llego al cuarto de baño arrastrándome sobre mis muletas, me miro al espejo y decido que publicaré la novela que llevo tantos años escribiendo y corrigiendo. Publicaré *Los amantes tristes:* para eso he atravesado la noche, Marruecos y mi vida. Por eso no he podido cerrar los oídos, ni siquiera cuando era lo que más deseaba.

Oí una historia en la Fiesta de la Música en París. Era una historia verdadera.

Habían metido a un amigo en el manicomio, para quitarle su casa de renta antigua. Hablé con los que le conocían. Quería desentrañar qué es lo que diferencia a un loco de un artista.

¿Qué es la locura? ¿De qué lado estamos en la caverna de la vida? ¿Vemos las sombras o vemos la vida? Para los escritores las sombras son la vida. La vida está siempre en otra parte. Lo real es lo contado. Lo real es que Jean Charles Baudron nunca se llamó así: es el nombre que le di cuándo yo vivía en París en el sofá de su mujer Montse Pons, antes de que los dos se largaran a dar la vuelta al mundo. *Los amantes tristes* nació en aquel sofá de un piso del *XX arrondissement* al final de siglo XX. Sucede en París, porque lo que sucede en París podría ocurrir en cualquier parte. No es verdad que siempre nos quedará París. ¡Y una mierda!... Lo que nos quedará será el lugar donde hemos sido niños y hemos soñado con París. Pero nos han enseñado eso, que todas las cosas pueden suceder en París y, a menudo, como en esta novela, suceden.

Puedes cerrar los ojos, pero no puedes cerrar los oídos.

Todos y, más que nada, todas hemos recibido una llamada anónima. Nadie responde cuando coges el teléfono. Oyes una respiración. Crees saber quién puede ser. Piensas en alguien que has conocido. Quieres que sea él. Temes que sea él.

En *Los amantes tristes* y en otros de mis libros suena el teléfono y los protagonistas se ven obligados a dejar su vida. Antonio se ve obligado a crecer y crece traicionándose a sí mismo y a los demás. *Los amantes tristes* es una novela sobre lo que significa hacerse mayor, ganar algo y perder algo. Quería escribir una novela sobre la traición. Y, en cierto modo, quería traicionar el concepto manido de novela. La novela no se crea ni se destruye, sólo se transforma. Lo hemos aprendido todo de la gran novela del XIX, pero estamos en el siglo XXI y tenemos que buscar nuevos caminos.

En mis novelas siempre dejo huecos para que el lector los haga suyos. Nada más interactivo que una novela. Escribo para dejar bombas de luz que estallen como un gozo inesperado, cuando la novela no sea más que un recuerdo.

Los amantes tristes fue una novela con estrella, una novela con vida propia, con su propia biografía alejada de la pobre experiencia del autor.

La publiqué de manera semiclandestina y fuera de catálogo, gracias a un editor, Carlos Revés, y a una agente, Raquel de la Concha, que se enamoraron de ella, a pesar de que su autora, en aquel entonces, fuera una completa desconocida. Desde el principio la novela reveló sus poderes mágicos, su capacidad de hacer que se abrieran los ojos y los oídos.

Fue escogida como mejor primera novela del año.

Joan Mila la mimó como un orfebre y Julio Llamazares dijo eso de que *es la mejor prueba de que sí hay buenos escritores jóvenes en España.*

Conocí a mucha gente importante en mi vida porque ellos se encontraron con *Los amantes...* antes de encontrarse conmigo. Gracias a ella hice amigos como Juan Echanove y Carmen Rigalt. La leyeron sin saber de quién era y la apoyaron entusiastas.

Se tradujo casi inmediatamente al húngaro. Una vez oí a un escritor muy famoso decir que su mayor preocupación era morirse y que no hubiera nadie en el mundo que terminara su novela. Ésa es una de las pocas preocupaciones que no tengo, porque sé que mi traductora al húngaro, la maravillosa Marta Patak, vive tanto mi obra que podría acabar cualquiera de mis novelas. En Hungría creyeron que la había escrito un hombre. Quizá por eso, Miklos Nagy, uno de los críticos más importantes del país y director de una editorial rival de la que publicó el libro, la calificó de obra maestra, en ÉLET ÉS IRODALOM: el *Babelia* húngaro.

Los amantes tristes triunfaron en el Danubio y se tradujeron al griego, al húngaro y a muchas lenguas que su autora no habla, pero que le gustaría hablar. Gracias a ella he conocido gente maravillosa, a la que nunca hubiera conocido de otro modo, y he visitado lugares de los que ni siquiera había oído hablar.

Los libros viven a veces mucho más tiempo en la cabeza del autor y del lector que en las librerías. *Los amantes tristes* se publicó por vez primera en el año 2000, convirtiéndome sin querer en una autora del tercer milenio (aunque mucho escribí, nada publiqué el siglo pasado). Se agotó rápidamente en España, a pesar de que se reeditó en 2002 y 2005. Recibí muchísimas cartas de lectores que no sabían cómo conseguirlo, porque era inencontrable. Pero éste es un libro que sabe perseguir a sus lectores. Ahora los ha encontrado, pues sin duda son los libros los que nos eligen a nosotros, aunque nosotros creamos elegir nuestros libros.

El último Sant Jordi, un lector me contó que su mujer le perseguía por toda la casa recitándole párrafos. Se lo había aprendido de memoria.

La verdad, no sé si ese lèctor me ama o me odia, pero sé que comparte piso con Ofelia, con Antonio y con Jean Charles, y que mis personajes ya no son míos sino suyos.

Ya no son míos sino tuyos.

Eugenia Rico 2006

Diseño: Winfried Bährle
Fotografía de la sobrecubierta: © Tim McGhie/Corbis
Foto de solapa: © Senén Bernárdez

Círculo de Lectores, S. A. (Sociedad Unipersonal)
Travessera de Gràcia, 47-49, 08021 Barcelona
www.circulo.es
3 5 7 9 6 0 0 7 8 6 4 2

Depósito legal: B. 21671-2006
Fotocomposición: punt groc & associats, s. a., Barcelona
Impresión y encuadernación: Printer industria gráfica
N. II, Cuatro caminos s/n, 08620 Sant Vicenç dels Horts
Barcelona, 2006. Impreso en España
ISBN 84-672-1968-8
N.º 36566